凜花烈風物語

東 芙美子

講談社X文庫

目次

イラスト／由羅カイリ

凛花烈風物語（りんかれっぷうものがたり）

序　花狩り

時は一条帝の御世。

藤原摂関家の主導のもと、内裏では華麗な宮中文化が花開き、貴顕と才女たちが才と機知を競い合っていた。

　この文化を支えてきたのは、貴族の男性のみならず、宮中にあまた居並ぶ教養高い女房たち。とりわけ華やいでいるのは中宮彰子が住まう飛香舎——通称、藤壺である。

　父の左大臣・藤原道長が豪腕で先の中宮定子を追い落とし、十二歳の幼さで中宮の座へ就いた彰子だが、長ずるにつれ、待ち望まれるのは皇子の誕生のみ。朝廷の実権を握る道長だが、男孫を得るまでは気が気ではなかった。彰子以外の后が先に子をなせば、他の貴族が外祖父として実権を握ってしまうせいだ。

　贅をこらし才女を集めた藤壺へは、主上がまめに通ってくる。後宮の中でも一際の華やかさを誇る場は、近頃迎え入れた新しい女房のおかげで賑わいを増していた。この女房が出仕の際に与えられた名は、紫式部。父親の血を継いだ桁違いの文才が、宮中で話題を呼んでいた。この才女を娘彰子の女房とし、一条帝を惹きつけんと道長が三顧の礼を尽くして出仕させた結果である。

紫式部は、かねてより密かにしたためていた「物語」を、道長の勧めで本格的に執筆するようになっていた。中宮づきの女房たちが写して回し読みする「物語」は、実在の人物を彷彿とさせる人物造形と骨太にして繊細な物語構成が人気を呼び、「物語」は女子が読むもの」と敬遠していた男性たちもこれに惹かれていく。もちろん主上もそのひとりだ。

主上の関心が藤壺へ集中すれば、面白くないのは他の后の縁者で、道長の失脚を望む上卿らも嫉妬の眼差しを向けてくる。

そして事件は起こった。

「あれ、千鳥の姿がどこにも見当たりませぬ」

千鳥という名の女房は、文のひとつも残さずに、藤壺から煙のように消えてしまった。

「さても奇怪なこと、おそろしや」

つい先だっても女房が使っていた小女が、姿を消していた。

「物の怪の仕業でしょうか」

怯える彰子と女房らを案じた藤原道長は、かつてない決断をした。

藤壺で中宮らと共に起居し、警護する女性の武官を採用しようと試みたのだ。

後宮は主上のためにしつらえた花苑ゆえに、普通の武官は昇殿を許されず、左近衛府の武官らは、後宮の外から警護しているだけで、女性の生活空間には姿を出せない。しかしこれでは、いざ不審者が藤壺で悪事を行っても、すぐに対処ができるはずもない。

「非力な女子がぞろぞろ衣を引きずっているだけでは、埒があかぬ」

道長は、土御門邸で共に暮らす〝甥〟の藤原花房を執務室へと呼び寄せた。

花房は陰陽師の託宣により、女の身を男と偽って生きる男装の麗人である。幼なじみの陰陽師と密かに結婚し、秘密裏に出産した後、数日前に内裏へ復職したところだった。

「花房、後宮の警備として、女子の武官を内部に入れる」

「果たして可能でしょうか。私は文官ゆえ、女子でも何とかこなせましたが……」

「お前ができた宮仕え、他にもできる女子がいるはずだ」

「確かにいるでしょうが、なにゆえ武官に？」

「彰子の寝所にまで侍り、護れる者は女子しかおらぬ。彰子も眠れぬと嘆いている」

花房は藤壺の女性たちを気の毒に思う。次は誰が狙われるのかと怯える中宮の寝所へ護衛を配するのも、むべなるかなとも思えるが、さすがに無理がある。

ところが道長は各地へ密偵を出し、武芸をたしなむ娘を探しだすよう、すでに命じていた。

「女子の武官隊を〝凜花の官〟と名づけよう。後宮にふさわしい名だとは思わぬか」

「確かに麗しいとは思いますが、女子に武官は無理でございます」

「お前だって、いざとなれば太刀振り回し、その身を厭わず闘うではないか」

「それは……」

花房自身、さる親王の暗殺未遂事件では身を挺して彼を護り、刀傷を肩に負った。

「あのような思いを、他の娘たちに味わわせたくはありません」

「聞く耳持たぬ。お前が娘たちの指揮を執るのだ。女子の身を隠して生きるお前だからこそ、上手く統べられるだろう」

「伯父上っ！」

「主上の了承は取り付けた。蔵人所の預かりで〝凜花の官〟を後宮へと送り込む」

こうして花狩りが始まった。


「兄者、こっちだって、こっち！」

陽射し明るい筑後の野山に、元気な声が弾ける。国司の家に仕える男の娘、八重だ。

「待てよ、いきなり」

「兎の巣穴を見つけた！」

「ということは、夕餉はうさぎ汁か」

兄の誉も、俄然やる気を出して妹を追った。

十六歳の八重は、日々野山を駆け、肌は陽に灼けて小麦色に輝いている。

草むらに隠れた兎穴を、「ほら、ここ」と八重は指さした。

ところが巣穴をのぞけば、兎は歯を剝いて威嚇し、その後ろには何羽もの仔兎がいる。

「えっ、仔がいたの？」

途端に八重はひるむ。仔兎の怯えた目を見てしまって、手が出せなくなったのだ。

「何やってんだ。どけ」

「駄目、兄者。まだ小さいんだ。今、引き離したら死んじゃうよ」

誉はため息をつく。普段は男勝りの八重だが、半面お人好しで涙もろい。

「うさぎ汁はなしか……夕餉はどうする」

「干し魚でも。あ、芋茎の汁も美味しいよ」

「ちぇっ、命拾いしたな」

誉も兎狩りを諦め、ふたりは国司の家へと戻った。庭に出ると、兄は妹へ木刀を放る。

「うさぎ汁の仇だ、覚悟しろ。今日は手加減しない」

すぐさま斬り結んだ妹へ、兄は二撃目を打ち込む。

庭から響く木刀の音に、父親のように兄妹を慈しんでいる国司は微笑んだ。

「今日も勇ましいことだ」

都からやってきた客人は、兄と対等に打ち合う八重を観察し、ほうと呟く。

「大したものだ、女子の身で大柄な男と対等にやり合っているではないか」

「あの子は、剣が大好きでして、並の男なら打ち負かしてしまうほどです」

「噂通りの娘だったか」

この客人は、実は道長が放った密偵である。彼はこの館を訪れた真意を告げた。

「左大臣様直々の命です。あの娘を内裏へあげたい」

唐突な申し出に、国司は腰を抜かしかけた。

「あの子に内裏勤めをさせるとおっしゃるか！　男勝りで雅とは、とんと縁のない」

「女房勤めではない。武官にする」

「武官？　女子が？　そのような話は聞いたこともない」

「中宮様の周辺を女性の武官でお護りすることが決まった。よいな」

泡を食った国司から呼ばれた八重は、目をしばたたかせた。

「国司さま、私が単純だからって、担ぐおつもりですか」

「都へ行き、武官として後宮を護るのだ、八重。国司である私が命じる」

「私が、都で武官に……」

「ちょっとお待ちください。八重は女子です。都で武官が欲しいのならば、俺が――」

「都が欲しているのは、女子の武官だ」

にべもなく遮られ、誉はむっとする。

「こんなお人好しのおっちょこちょいには務まりません」

誉の抗議に、都から来た客人は冷たい目を向けた。

「正確には国司ではなく、左大臣様の命だ。否やは通じぬ」

「ならば、俺も一緒に連れていってください！　お願いします、俺も武官になります！」

「妹が心配か……」

「それもありますが、帝（みかど）のために働いて、一旗揚げたい」

「ならば、妹と一緒に来るがよい。衛士（えじ）くらいにはなれるだろう」

誉の頑強な身体（からだ）を無遠慮に値踏みした客人は、すぐに出立する旨を告げた。

「事は急を要するのだ。一日の遅れが命取りになるかもしれぬ」


突然、我が子ふたりが上京すると聞き、八重の両親も仰天した。

「女子の八重が、剣の腕を見込まれて、都へのぼるだと!?」

「お前さんが悪いんだよ。面白がって剣なんか仕込むから。こんなことなら、どこぞの男へ無理にでも縁づけておけばよかった」

号泣する母親に抱きしめられ、八重も涙ぐむ。

「都で偉い方たちをお護りするよ、母者。それに私、手柄を立てて、帝さまや左大臣さまとお話しできるようになったら、筑後の国へかかるきつい税を、緩めてほしいと頼むんだ」

「なんという大それたことを言う」

八重の両親も国司も震えた。

筑後の豪族の末裔である八重は、重税にあえぐ民を救いたいと常々思っていた。男手を土木作業などの労務に取られ、収穫の上がらなくなった田畑で、必死に働くのは女子供と老人だ。子供も男児ならば一人前になった途端に労役に取られてしまう。

その悪循環を八重は幼い頃から悔しく思ってきた。だが、国司の家に仕える八重の一家は、税を取り立てる側であり、歯がゆさがつのる。

「帝様や左大臣様なんて、お前なんかが逆立ちしたって、口をきけるお方じゃないぞ」

「いや、俺も八重に同感だ」

誉もまた手柄を立てて、この地の人々の助けになりたいと真面目に考えていた。

「なんと麗しい心ばえよ。税を取り立てる国司の私ですら胸が熱くなった」

兄妹の故郷を愛する心を知った国司は、感激してふたりへ餞別の衣を渡した。

「八重、誉。都で再会しようぞ。よき報告を聞ける日を待っている」

兄妹は力を合わせて、勤めに励もうと誓い合う。不安よりも、都はどれほど賑やかなのか、内裏はどれほど美しいのかと期待に胸を膨らませた。

大宰府の港から海路で三十日かけて向かう都では、何が待ち構えているのか。

第一帖　花矯(た)め

難波(なにわ)から乗り換えた小型の船で淀川(よどがわ)を遡(さかのぼ)り、八重(やえ)たちは京へ辿(たど)り着(つ)いた。

「ここが……おじさん、本当にここは京の都(みやこ)なんだね。嘘(うそ)じゃないんだね」

「俺たちてっきり人攫(ひとさら)いかと思ったこともあってさ」

密偵のもともと無表情な顔は、石仏みたいに固まった。

「……誰がお前らを攫うために、わざわざ筑後(ちくご)くんだりまで出かけるか」

都の大路を行き交う大勢の人、人、人。小洒落(こじゃれ)た衣の女が市女笠(いちめがさ)ですれ違えば、ゆっくりと牛車(ぎっしゃ)が歩み、冠位束帯の貴族の集団が小難しげな話をしながら通り過ぎる。

「噂(うわさ)に聞いていたより何倍も凄(すご)いなあ、おじさん」

八重と誉(ほまれ)が物珍しさにキョロキョロしていると、男は冷たくたしなめた。

「今にいくらでも見られるようになる」

道長(みちなが)の密偵は兄妹(きょうだい)を連れて大路を上り、八重は近衛大路(このえおおじ)のさる館(やかた)へと案内された。

「ふわあっ、きれいな門！」

「これからお前が暮らす館だ。女子（おなご）の武官のために用意された」

「女子の武官て、まるで姫様みたいだね、おじさん」

「そう言ってられるのも今のうちだ」

冷たい目をした男は、門内から出てきた女官へ、八重を突きだした。

「筑後からの客人です」

「お疲れ様でございます」

三十日間の旅の間、名を決して教えてくれなかった男は、誉へ静かに告げた。

「これが今生の別れとなるやもしれぬ。妹にきちんと挨拶（あいさつ）しておけ」

「……八重っ！」

八重は、兄が大きな眼（め）に涙を滲（にじ）ませているのを見た。常々「男は泣かぬもの」と言い続けていた誉は、泣くまいとこらえている。

――兄者（あにじゃ）、男が泣いてはおかしいよ。

対する八重の双眸（そうぼう）にも涙が張って、兄の姿が歪（ゆが）む。

片時も離れず、共に駆けて笑って、飯の取り合いで喧嘩（けんか）して――。

一緒に都へのぼってきたものだから、この先もずっと共にいられると勘違いしたまま、ここまでやってきた。だが、邸宅の門は八重しか迎え入れるつもりはない、といかめしく告げている。

「やっ、八重。お前は、俺よりちょっとだけ腕が立つ。だけど、お前が六つの時、ヤマカガシを退治して、俺がお前を護ったんだからな」

「うん、兄者が」

「魚の釣り方だって俺が教えた」

「うん」

「剣も……剣も俺が教えた……」

誉はそれきり、何も言えなくなった。

「私、兄者の分も頑張るよ。そしてきっと帝さまに、お願いするんだ……」

兄は妹に涙を見せまいと、背中を向けた。

「兄者、私、泣かないからね」

言葉とは裏腹に、八重も頬を濡らしていた。すると密偵の男が告げる。

「娘、そこまでだ。お前の兄貴は責任を持って、武官にしてやる。可能ならば、内裏の近くを護る近衛府のな。だからお前は、勤めに励め」

涙をひた隠す兄は振り返らず、男と共に去り、八重は門の中へと招き入れられた。

——兄者、元気でいてね。私、何があっても負けないよ。

館には、すでに十人の娘が集められていた。みなが熱心に書物を読んでいる。

「あの……この人たちは」

「皆、お仲間ですよ」

女官に言われて、八重は女性武官候補が、かくも多いのかと初めて気づく。

――私ひとりが選ばれたわけじゃなかったんだ！

各地から連れられてきた娘たちは、ちらりと八重をうかがうと、すぐに書物へ目を落とす。何かに追われているふうでもあった。

「すみません、私、今日から……」

書物から八重へ視線を転じたふたりがいた。ひとりはキリリとした顔立ちの、少年を思わせる長身の少女。もうひとりは、いかにも都びとの風情を漂わせた白皙の少女だ。

白皙の少女は居丈高に問いかけた。

「お前はどこから来た？」

「筑後……」

「ふん、訛っているな」

鼻で笑われ、八重はカッとなる。

「筑後の言葉を馬鹿にしたな」

「馬鹿にはしていない。事実だ」

「まあ、着いたばかりの相手に絡むのはやめろ」

背の高い少女は突っかかる少女をとどめ、自己紹介を始めた。

「私は武蔵の国から来た緑風。もっとも緑風というのは、ここでもらった名前だ」

「え、名前を変えるの？」

「宮中で名乗るに雅ではない、と判断された場合は。君の名は？」

「八重……」

「優雅なものだ。何の問題もないよ」

宮中の美意識に合わない場合は名前すら捨てさせられると知り、八重は驚く。

「ほかにも何か捨てなくちゃいけない？」

「お国言葉かな。毎日直される。苦労しないで話せるのは、そこの左京だけだ」

出会い頭に嫌みを言った少女の名を知り、八重は頭を下げた。

「左京って言うんだ。よろしくね」

「私も本名ではない。このあたりで生まれ育ったから左京と名づけられたまでだ」

「都生まれなの？」

「そう言っただろう、聞き取れなかったのか」

なぜ突っかかる言い方をするのだろうと八重は不思議になる。すると緑風が、困ったものだと小声で囁いた。

「父親が左大臣さまのお屋敷の武人だから、偉そうにしてるんだ」

「へえーっ、凄いねえ」

　雲上人の館を護る父を誇りとしていたら、左京の自意識は高くなるだろう。付き合いづらい人もいるのだと八重が思えば、小柄な少女が声をかけてきた。

「越後から参りました小雪と申します」

　抜けるように白い肌の小雪と向かい合った途端、八重は自分の灼けた肌が恥ずかしくなった。筑後にいた時には気にもとめずにいたのだが。

　——それにしても、この子、真っ白だ。

「越後から来たために、小雪の名をいただきました」

「越後の人は皆、肌が白いの？」

「長い冬は雪に閉ざされていますから、自然と」

　父親が国司の縁者だったせいで、小雪は各地を転々として育ったと語った。あちこちの風物に詳しいようだと、八重は瞳を輝かせる。

「あとはどこの国に行ったの？」

「球磨と上総、伊賀」

「伊賀？」

　日本は山の多い国だが、特に山深い伊賀は米の収穫高が悪く、国の等級分けでは低い「下国」の評価を受けている。国司には「実入りが悪い」と人気のない任地の屋敷奥で退屈しきった小雪は、自然と剣を習い始めたらしい。

「だって組み紐を組むよりも面白いのだもの」

「確かに」

八重たちが笑い転げれば、左京が不機嫌な声で遮った。

「組み紐づくりも大切な教養だ。貴族の偉い方々は、細部にまで気を遣われる」

「そうなんだ、私の故郷とは大違いだね」

そこへ美麗な蔵人が、暗く無表情な顔つきの少女を連れて入ってきた。

「これで全員が揃った。こちらは伊賀から来た狭霧だ。皆、仲よくするように」

「あ、今まで伊賀の話をしていたのです」

「元気がいいな。もしかして筑後から来た子かな」

「はいっ、八重と申します」

「よい名だ。そのまま使える」

緋色の袍をまとう蔵人をはっきりと視覚で捉えた瞬間、八重に衝撃が走った。

――なんてきれいな！　こんな男の人、見たことがない！

「私はあなた方の監督を任された、蔵人の花房と申します。これからは〝兄〟と思って何でも相談してください」

ぽーっと見とれる娘たちを眺め、花房は小さくため息をついた。

彼女は〝惑わしの香〟と呼ばれる体臭を放ち、男女かまわず惹きつけてしまう厄介な体質の持ち主である。そのため恋愛遊戯に慣れた宮中の貴族や女房たちをも無意識に虜にしてきた過去があり、蔵人として復職後も記録を更新中だった。そして今日新たに、花房にまるで免疫のない少女の一団が、この〝惑わしの香〟の被害者に加わったというわけだ。

――これが都の貴族なんだぁ……。

八重の目には、花房と名乗る蔵人が、花吹雪の幻に取り巻かれ輝いて見える。

「桜の精か、天女さまみたい……」

聞きとがめた左京が、八重を睨んだ。

「天女だとっ⁉ 失礼なっ、花房さまは女子ではない！」

左京の鋭い声に、八重は夢心地から醒めた。

「ごめん、そういう意味じゃ。あまりにきれいだと思ったから」

「失礼な、花房さまに謝れ」

「まあまあ、左京。褒めてもらったのだから」

いきり立つ左京を花房が抑え、寛大な笑みを浮かべると、八重は桜の花びらの嵐に打たれた気分になり、全身からとろんと力が抜ける。

「花房さま、やっぱり天女みたい〜」

「……それはさておき、八重と狭霧は長旅で疲れたことだろう。今日はゆっくり休んで、明日から精進するように。あなたたちが三月で覚えねばならないことは、山ほどある」

「剣の稽古ですか」

八重のからりと明るい質問に、花房は微笑む。

「それは基本。武官でも、后方のお傍へ侍るには、歌も学んでもらわねばなりません」

「はあ……大変そう」

「確かに大変です。だから国中を探して、あなたたちを選びました」

「中宮さまに、お声をかけてもらう機会もあるのですか」

恐れを知らない八重の問いに、花房の笑みは増した。

「当然あるでしょう。中宮さまは心の広い優しいお方です。あなたたちを大切な武官として扱ってくださるはず」

「やった！」

「面白い子ですね」

苦笑する花房をよそに、左京が怖い目で睨んできて、浮かれすぎたと八重は気づく。

「それでは、今日はここまで。明日からは武官の束帯に着替えて暮らしてもらいます」

「えっ？」

「女装束では、いざとなった時に満足に闘えない。あなたたちは六位扱いですから、緑の袍となります。宮中にふさわしい華やかなものを仕立てました」

本来、昇殿の資格は五位以上と定められ、唯一の例外は六位の蔵人である。彼らがまとう緑の袍は、黒い装束の男たちが集う宮中で、鮮やかさが目を惹いた。

明日以降は男のなりで暮らすと聞いて、八重はまた驚く。宮中で女性が武官となるには、そこまで徹底するのかと。

「大丈夫。一度着たら、女物の装束よりも楽だとわかりますよ」

不可解な予言を残して、花房は出ていった。

柑橘系の爽やかな残り香を追いかけ、娘たちは一斉にため息をつく。

「はあーっ、素敵な方だったなあ、花房さま」

「宮中にはあのような殿方が大勢いるのでしょうか」

途端に、左京が尖った声を出した。

「あの方は、お前たちごときがお近づきにはなれない、左大臣さまの甥御だ。それなのに、八重とやらは軽々しい口をきいて」

「えっ？　左大臣さまの甥って……そんなに凄い方だったの？」

道長の甥である一条帝、娘の彰子から辿れば、花房はふたりの〝いとこ〟にあたる。

「偉ぶらず、誰にでもひらけたお方だ。だから、お前の軽口も許してくださった」

「だって、素敵だったから、つい」

「そんなこと、とうに知っている」

花房を我が主君のような口ぶりで話す左京に、緑風が混ぜっ返す。

「ははあ、さてはお前、花房さまに憧(あこが)れているな」

左京の冷たい顔に、うっすらと朱が散った。

「私だけではない、土御門(つちみかど)邸に仕える者全員の誇りなのだ。お前たちみたいな山出しに、あれこれ言われたくない」

露骨な悪口に、緑風の眉がピクリとはねた。

「どうせ私は山出しだよ、都のお嬢さん。だが、お前さんだって私らと変わらない身の上だろう。あの花房さまは、憧れても到底、手の届かないお方だ」

「黙れ、お前たちが見とれているのとは違う。私は子供の頃から花房さまを知っている」

「……先に知っていたからって、あんたが威張る必要ないじゃないか」

伊賀から来たばかりの狭霧が、ぼそっと呟(つぶや)いた。

「お前たちとは、もう話したくない。特にそこの、筑後から来た者」

指名された八重は、きょとんと左京を見返した。

「花房さまへ今度なれなれしい口をきいたら、私が許さぬ」

捨て台詞(ぜりふ)を残して、左京は自分の曹司(ぞうし)へ引き上げていった。

「……私、そんなになれなれしかった？」

「ええ、かなり驚いた」

八重の口ぶりに小雪が呆れれば、緑風がクスクスと笑い出した。

「花房さまが面白がるくらいにね」

「それは、褒められたのかと……」

突然、恥ずかしさに襲われた八重を、狭霧が小声で慰めた。

「でも、まっさきに覚えてもらったと思う」

「とはいえ、左京の次だろうがね。あの御仁曰く、特別なようだから」

緑風は、左京を鼻持ちならないと判断した様子だ。

「とにかく私たちは、ここで学ぶのが第一。雑音には耳を貸さないことだ、八重」

緑風に励まされ、八重も気を取り直す。

「そうだね。内裏のお役に立つために、私は都へやってきたんだから」


八重が割り振られた曹司には、緑風と小雪に狭霧が同居すると決められていた。

先乗りしていた小雪は、緑風とふたりでどのような者がやってくるのか、楽しみに待っていたという。

「私みたいな世間知らずで、がっかりさせちゃった？」

「いいえ、安心した」

「どうして？」

小雪は、まずいことを口走ったとばかりにうつむいた。

「それは……。笑わないと約束してくれる？」

「約束する」

八重のまっすぐな視線を避けるために、小雪は袖で顔を隠した。

「私と争う人じゃないから。私ね、主上のお目にとまればいいな、と思って」

「ええっ、帝のっ⁉」

小雪は後宮の女性を護るよりも、護られる住人になりたくて上京したのだ。そのように大それた望みを抱いてくる者が存在するとは思いもせず、しとやかそうな外見とは裏腹に小雪は図太い神経の持ち主ではないか、と呆気にとられる八重へ緑風はあっさり言う。

「八重、それほど驚くことか。大抵の者は、主上や上卿に見初められたくて来ている」

「女子と生まれたからには、誰もが望むものではありませんか？」

八重は思い切りかぶりを振った。

「私は違う！　手柄を立てて認められ、故郷の人たちの暮らしを豊かにしたいと」

今度は小雪と緑風が驚く番だ。

「ま！　ずいぶんと……」

「これまた大きな望みを持ってきたものだ。主上へ、そのような頼みをするために？」

「本気でそう思って、やってきたんだ」

八重の本気を信じた緑風は、自らの夢を語る。

「私には、そんな大義はないな。武官として身を立てたかった。女であっても武官として生きられると、皆に示したかった。それだけの理由で、招聘に応じたよ」

「では、狭霧は？」

三人の会話を黙って聞いていた狭霧に、八重は目を向けた。

――まさか彼女も小雪と同じように、主上の寵愛を受けたいと願って？

無愛想を崩さないまま、狭霧はつまらなそうに呟く。

「朝廷からの使いが来いと言うし、親父さまが行けと言うから……」

伊賀の組み紐職人の娘という狭霧は、幼い頃より父親から剣を習ってきた。奈良時代に伝来した組み紐の技術を護り続ける職人たちは、矜持と自衛の意識も高く、剣の訓練を怠らずにきた。その娘の狭霧は、父親の指導の下、組み紐と剣の腕を磨いてきたのだ。

「それでは私に組み紐を教えてくれた職人さんは、狭霧のお父さまだったのかも」

急に親しみを感じた小雪がそう告げれば、狭霧は「退屈だったろう」と返す。

「……腕を上げるまでは退屈だ。でも、色々な糸を使って好きな模様が描けるようになると、突然、面白くなる」

狭霧が無愛想だったのは、職人気質のためだと八重たちは気づく。神経を集中させ黙々と紐を組む職人仕事を続けているうちに培われた寡黙さなのだろう。

「今度、狭霧さんの作った組み紐を見せてほしいなあ」

八重が素直に反応すれば、狭霧は小さな手荷物から一本の組み紐を取り出した。

「親父さまが、持たせてくれた」

紫の地に金糸銀糸の青海波(せいがいは)が組み上げられた見事な品だった。

「紐だけで、こんな模様が描けるなんて！」

「じいさまの形見だ」

初めて見るもの聞くことすべてが珍しくて、その夜、八重はなかなか寝つけなかった。

大路を行き交う人々の様子。都の規模も人の多さも想像を超え、〝凛花(りんか)の官〟と呼ばれる武官が予想外に困難な任務を任されると知った驚き。ひと癖ありげな娘たちと共に始める生活の不安と期待に、監督を務める花房という蔵人のあでやかさ。

——父者、母者。都は何もかも桁外(けたはず)れで、胸のドキドキが止まらない。

疲れているはずなのに、興奮で頭が冴(さ)えていた。

「眠れないの？」

寝床で小雪が囁いてきた。

「うん、小雪も？」

「そうなの。主上のご寵愛を得るためには誰よりも精進しないといけないって思ったら、眠れなくなってしまって。さっき花房さまを見て、本当に驚いた。宮中では男も女も美しさを競っているってよくわかったの。私も負けずに自分を磨かなくちゃ」

目的のために自分を鍛えると言い切る小雪は芯が強いと、八重は感心する。

「そうだね。私も帝のお目にとまるように剣の腕を磨こう。兄者と誓ったんだ」

「お兄さんがいるの？」

「今日、一緒にやってきた。近衛府ってところに入るみたい」

近衛府へ連れていかれた兄の誉が、どのような夜を過ごしているだろうと想像する。

「あなたのお兄さん、今夜は寝かせてもらえないわよ。皆から質問攻めに遭って、故郷の歌を唄わされたり、踊らされたり」

兄が入れられた武官の世界も、苦労はかなり多そうであった。


翌朝、陽がのぼらぬうちに起こされた八重たちは、花房に引きつれられて現れた侍女と侍童に目をこらした。彼らはみな、剃刀と鋏を持っていたのだ。

「いったい何が……」

ざわつく娘たちに、花房は淡々と宣言した。

「これより、あなたたちに、花房の髪を切る。腰より一寸上の長さしか許されません」

髪の長さが女性美の最たるものとされる世にあって、切れと言われて驚かぬ者はいない。玉の輿を狙って入隊した者の中には、涙ぐむ者までいる。父親や親族から貴顕と上手く縁づくようにと送りだされても、短い髪では不可能な望みとなる。

「長い髪は、剣を扱うには不利です。従えぬ者は、故郷（くに）へ帰ってくれてかまわない」

普段は男勝りと言われてきた八重でさえ、髪を切るにはためらいを覚える。ましてや帝や貴顕の寵愛を得たいと望んできた者はどんなに切ないか。

涙ぐむ娘たちへ、花房は淡々と語る。

「これでも髻（たぶさ）を結ったり、尼そぎにすることだけは許してもらったのだ」

ひとり平然としているのは緑風だけであった。

「あなたは長い髪に未練はないのか、緑風」

花房が問えば、緑風は迷いなく応（こた）える。

「私は髻でも構いませんよ、花房さま。武官となるためにここへ来たのですから」

髪をそぎ、鋏が入る感触を、八重もぐっとこらえた。

——武官になるって、女を捨てることなんだ。でも負けるもんか。

漠然と思い描いていた、雅な公達（きんだち）との恋も、この姿ではかなわないと胸がキュッと締めつけられる。

花房が花の顔（かんばせ）で淡々と言い放つ様がかえって怖く、表向きこそ優しくとも修羅場慣れした宮廷人だと思った。

娘たちの髪が腰上の高さに揃うと、組み紐で縛って背へ垂らす。その髪型は寺の侍童とよく似ていた。

　次は六位の装束として、緑色の袍が着せかけられた。浅黄に近い青みを帯びた緑の地に菊唐草文様。六位の蔵人の派手な身なりをそのまま武官の装束に映したもので、烏帽子を載せれば少年とも少女ともつかぬ姿の〝凜花の官〟が完成した。

「この姿ならば、後宮の内を護るにふさわしい」

　花房は形だけ武官となった娘たちを検分して回り、八重の前に立ち止まった。

　——私に何か落ち度が？

　緊張を増した八重が視線を宙へ逃がせば、花房の小さな唇がわずかに綻んだ。

「あなたたちの中には香を用いない者がいるようです。あるいは使っている香が〝凜花の官〟にはふさわしくない者も。ですから……」

花房がすっと視線を動かせば、侍童が急いで香壺を持ってやってきた。

「……隊の者共通の香をお渡しします。あなた方〝凜花の官〟がどこにいて、どこを通ったかわかるように」

　おそるおそる小雪が訊ねる。

「花房さま、なにゆえに全員が同じ香を使うのですか」

「小雪、よい質問です。この香が薫ることで、後宮の女人がたが護られていると安心し、良からぬ者は警戒するようにです。あなた方がおのれを主張する香ではなく、飽くまで隊の存在を訴えるために調（ととの）えました」

　香壺が八重の手に渡された。

「……………？」

「八重、聞いてください。いかなる歌を聞き取ったか、私たちに説明してほしい」

　香道のたしなみのない八重は、原材料がいかなる香木かもわからない。清涼感と甘さが混在しているのを嗅（か）ぎ取（と）っても、香の世界を表現する言葉をもってはいなかった。

「どうしました、八重。感じたままでいいから」

　花房から促され、八重は自分なりに表現しようとした。

「爽やかで甘い匂（にお）いです。薔薇（そうび）の花みたいな匂いもします。それとお寺で、どことなく似た匂いを嗅いだ気がします」

　つたないながらも、感じたままを伝えようとする八重に、都育ちの蔵人は頷（うなず）く。

「寺で嗅いだという表現は、間違っていません。この香でもっとも力強く薫るのは白檀（びゃくだん）。それに薔薇や麝香（じゃこう）などを混ぜて、甘さと深み、強さを足しています」

　仏教伝来と共に日本へ渡ってきた白檀は、仏像や線香などに使用される香木で、寺との縁は切っても切れない。高価な扇などにも用いられるが、八重には無縁の品で、そのために、寺で嗅いだ香の記憶だけが立ち上ってきたのだった。

「〝凛花の官〟は、凛と爽やかにして甘やかで強い。そのような者であってほしいと願い、さる陰陽師に調えていただきました」

　緑風は、我が意を得たりとばかりに口角をかすかに上げた。

「花房さま、その香が私たちを表しているのですか」

「香の名は〝凜〟。あなたたちが後宮の空気に記す署名です」

　花房は香壺を渡す際、各人へひと言ずつ励ましの声をかけていった。八重へも〝凜〟を手渡しながら微笑む。

「自分の感じたままを、今できる精一杯の表現で伝えてくれた。その姿勢があれば、殿上しても恥ずかしくない武官になれるはずです」

「私が？　なぜですか？」

「何ものにも染まっていないからです」

　その声音に八重は単なる職業意識ではない優しさを感じる。娘たちを心底気遣う柔らかな色合いが、眼差しから隠しきれない。

　――何だろう、この感じ。

　彼女たちを監督するその人は、動きのすべてが舞のように滑らかだ。今まで見知ってきたあらゆる男性とも異なるしなやかさは都びとゆえの雅さだろうか。

　――花房さまは、帝のお側近くに仕える蔵人だと聞いた。桜の精みたい……。

　そんな考えに耽り、注意力の途切れた八重に、美貌の蔵人は気づく。

「八重、旅の疲れが出ましたか？」

「……っ！　申し訳ありません、つい考え事を」

「どのような？」

「あの……」

「里心がついたのならば、今すぐ戻ってもいい」

「ち、違います！」

着いた早々、送り返されてはたまらない。八重はへどもどしながら取り繕う。

「わ、私は花房さまが、あまりに特別で、人間じゃないみたいって……あわわわ」

「……どういう意味かな？」

「だだだだ、だって……声も高くておきれいで……どうしたら花房さまみたいになれるのかと思ったら……」

そう言いながら、八重はわれと花房を引き比べて、情けなくなってくる。

宮中のあまたを魅了する美貌の蔵人と、山出しのおのれを比べること自体無理があるのだが、かように優雅でなければ殿上人はつとまらないと思えば、何年修業を積もうが、後宮へ上がる資格はないと思えてきた。

「八重……」

視線を落とす八重に、花房は柔らかく微笑んだ。

「私は、あなたが羨(うらや)ましい。都以外の世界を知っているからね」

「えっ？」

「私は都育ちゆえ、都の外をほとんど知らずに生きてきた。左府さまのお供で熊野詣(くまのもう)でもすれば、奈良へも行く。しかし、ほんのひととき都を離れただけの遊覧の旅では、外の世界を知ったとは到底言えない。あなたたちのほうが、よほど広い世界を知っている」

「花房さま……」

「しかしながら、外の世界の常識はひとまず忘れて、都のしきたりに慣れてもらわねばならない。これからは宮中での流儀を覚えてもらいます」

「私に、そんな大変なことができるでしょうか。花房さまみたいには到底……」

「八重。自信がなくて当然です。都生まれの公卿(くぎょう)たちですら、自分はしきたりから外れた振る舞いをしてはいまいか、と不安に苛(さいな)まれ、宮中の知恵者に訊ね歩く。あなたたちが少しくらいしくじったところで、誰も責めはすまい。むしろ愛嬌(あいきょう)と喜ばれるでしょう」

　八重の双眸に光が戻ると、花房は満足そうに頷いた。

「その笑顔を絶やさずに、凛と立っていなさい。……さて、元気になったところで、少し歩いてもらいましょうか」

「歩くのですか？」

「八重の歩き方は元気がよすぎる」

花房の見守る中、八重は歩いて見せたが、緊張のあまり手足を左右互えて出してしまった。手足は同じ側を揃えて出すのが基本で、手足を違えると装束は着崩れてしまう。しかし、八重は手足を互い違いに出して、ぎくしゃくと歩を進める。

「八重、何をやっている……」

「身体が言うことをききませんっ」

力んでどうにもならない八重を止め、花房はその肩を軽く撫でた。

「そのように武張っていては、倫子さまが仕立ててくださった装束が泣いてしまうよ」

「すみません」

「たとえ男のなりをしていても、後宮を彩る花なのだから、それを忘れないように」

「私たちが……花？」

「八重は、筑後の陽を浴びて育った八重椿。あなたが昇殿すれば、多くの方の心も晴れると思う。そのためにも、せめて所作だけは昇殿にふさわしいものでなくては」

花房は、八重の傍らに立つと、すっと右足を前へ滑らせた。

「宮中ではいついかなるところで、人の目が光っているかわからない。だから常に舞う心で動きなさい。歩くのではなく、舞の摺り足を一足、また一足」

花房の足袋は、音もなく床を滑る。八重たちは、その滑らかな動きに目をこらした。

「役目は武官であっても、後宮に入るからには、あまたさぶろう女房に引けを取らぬ花となりなさい。自分の裡に咲く花を信じて、とどまることなく舞い続ける……それが凜花の官だと、私は思っています」

八重は、花房の全身に満ちる気が、舞に臨む人のそれだと気づいた。

――舞うような仕草ではなく、実際に舞っていらしたのだ。

故郷・筑後の祭りで、娘たちが輪になって踊る『椿の舞』が八重の脳裏によみがえる。赤い装束の娘たちの輪が回り、ひるがえる長い裳裾が、幾重にも椿が咲き乱れる光景を描く。祭りの熱狂は高まり、舞い手の娘たちも見物の声と拍手に酔いしれる。

――私も、舞えばいいんだ。

八重の足がすっと出た。音もなく床を滑る足袋。故郷での舞を身体が思い出す。静かだがのびやかに、八重は二の足、三の足を繰り出した。

――これだ、この動きで！

花房は歩みを止めると、八重をじっと観察する。

「八重、続けて」

「はい」

花びらの上を歩むように足を出せ、と言われて覚えた舞の初手を、考えるより前に足が思い出して動いていく。歩みを初めて覚えた童子よろしく、嬉しくてたまらない。

――花びらを潰さぬように、散らさぬように、ただ滑れ。

「それでいい、八重」

花房は扇を小さく開くとパチリと閉じた。

「あなたらしい活気はあるが、不躾(ぶしつけ)ではなく、作法にかなっている。雅を好む方たちの目も楽しませるだろうね」

「え、これでいいのですか……」

「あなたらしくてよいかと。舞を習っていたのかな」

問われて、八重はどう応えたものかとまた迷う。

都人にとっては地方の舞など、取るに足らぬものではないかと遠慮してしまう。

――でも、みんなが笑って、手拍子打って、あんなに楽しい祭り、よそにあるのかな。

都の芸能が洗練を極めるのならば、地方には土地に根ざした力強さがあった。

「私の故郷には……娘だけで舞う『椿の舞』があります」

「八重も舞ったのかな」

「はいっ。一番元気がよいと、皆に笑われました」

「そうだろうね、摺り足からも元気が滲み出ている。みなも八重を見習って、おのが故郷の舞を思い、歩く稽古(けいこ)をしなさい。すぐに摺り足を習得するだろうから」

「はいっ」

娘たちがおのおの摺り足の練習をしていると、花房の従者が、急ぎの文(ふみ)を届けにやってきた。にこやかさを脱ぎ捨てて真顔になった花房が場を外した途端、小雪と緑風がはしゃいだ声を出す。

「八重、あの花房さまに褒められるなんて、凄いじゃない」

「舞の名手で知られた花房さまに、褒められるなんて大したものだ」

「花房さまは、舞の名手なの？」

　小雪は、地方在の国司にも評判が伝わるほどだと、逸話を披露した。殿上童の時代から舞姿は宮中の噂をさらい、加冠の後には風流人の親王から稽古をつけてもらって更に腕を上げたという。

「その花房さまに所作を教えていただくなんて名誉なのよ、八重。上卿の御曹司たちが舞の指南を受けたいと願っているお方なの」

　名手と知られる花房が、宮中での所作を歩き方から教えてくれるありがたさに、八重は、凛花の官の責任の重さを改めて理解した。

　――後宮で武官になるというのは、大変な役目だったんだ！

　今までは降って湧いた宮仕えの話に浮かれるだけだった八重だが、中宮ら貴賓を護る役は腕力のみならず、宮廷人として諸事にも通じなければ、昇殿するに値しないと気づく。

「ねえ、私なんかで本当に務まるのかな」

　八重が自信なげに呟くと、左京が冷ややかに返す。

「それがわかれば、早く田舎へ帰ることだ。花房さまに恥をかかせる前に」

「なんだって」

気負い立った緑風へ、左京はいっそう意地の悪い目を向けた。

「花房さまは主上のお傍に仕えるお忙しい身の上。だのに、お前たちへ歩き方から指南せねばならぬとは、あまりに不憫。皆揃って、即刻故郷へ帰るがいい」

「言わせておけば……。都風を吹かすのも大概にしないか」

緑風の長身が怒りを溜めて、いっそうの長身に見える。八重は、今にも摑みかからん勢いの緑風の前に立ち塞がった。

「私のために、喧嘩なんてやめて、緑風」

「お前のためだけじゃない、ここにいる全員のためだ。この左京とやらは、左大臣さまの屋敷で育ったのを笠に着て、自分ひとりが任に足りているような顔をしているが、花房さまの足を引っ張ろうとしているのは、お前ではないか」

「……っ！」

「後宮へ上がるに足らぬ私たちを、どうにか躾けようと花房さまが腐心している矢先に、お前が私たちのやる気を挫こうとは、とんだ忠義もあったものだ」

「黙れ、お前たちに何がわかる。私と花房さまは……」

「花房さまは、何だというのだ？」

坂東武者の血も熱い緑風が、左京に詰め寄る。八重は必死に押しとどめた。

「緑風、落ち着いて。喧嘩だけは駄目だよ」

「いいや、今まで何日も我慢してきたんだ。一度ガツンと」

「おやおや、東夷の勇ましいこと」

冷笑する左京と、いきり立つ緑風の間で、突然、大きな音が破裂した。

「わっ！」

一触即発のふたりの間へ割って入った狭霧が掌を打ち、信じられないほど大きな音を立てたのだ。

「私は歩く稽古がしたい。八重、舞う気持ちで歩むとは、このようなふうにか」

緑風らの諍いをものともせず、狭霧は静かに歩き始めた。気配を一切殺した足運びは悠然としている。

「凄い……本当に舞っているみたいだ」

緑風と左京は喧嘩を忘れ、八重もしばし言葉を忘れた。静けさと落ち着きと、不思議な力強さが感じられる歩の進め方だ。

——私の知っている舞とは違う。狭霧が真似ている舞は何？

言葉もなく見つめる八重らの視線がうるさくなった狭霧は、立ち止まった。

「八重の故郷の舞は『椿の舞』と言ったな。伊賀では『翁』を最も重い舞として、大切にしてきた。その翁の出の足づかいを真似ただけだ……」

「翁？」

それは聖徳太子の腹心の部下・秦河勝が五穀豊穣、国家安泰を祈った舞として、伝えられてきたものである。伊賀の峻険な山地を拓いて棲みついた渡来系秦氏の郎党は、独自の気骨を持ち、長きに亘り始祖・秦河勝の舞を大切に守り伝えてきたのだった。

河勝の子孫の多くは朝廷の雅楽寮に仕える舞人、楽人として活躍し、芸を伝えている。しかし、朝廷流に洗われぬ形で古きを伝える芸が、伊賀には残っていた。

狭霧が語る伊賀の里の歴史――。海の向こうから始まる壮大な物語が、狭霧の歩みひとつに集約されていると聞かされ、八重の胸の奥がジンと熱くなった。

――何百年も伝わる舞……。

誰も二の句を継げないので、その無言を埋めるように、狭霧は再び歩みを始めた。静かだが力強い一歩、するりと床を滑り、また一歩。軽やかさに秘めた重みがしっかりと感じられる。

――狭霧は……凄い。私とは、まるで違う。

八重の袖を、小雪が摑んで震えていた。

「あれは、とんでもない上手を真似ているわ」

「なるほど伊賀の国の者が、武芸と申楽に長けているとは噂の通り」

いつの間に戻り来たのか、花房と剣呑な気配の従者が、狭霧の歩みを見物していた。

「実に上手い。そうは思わないか」

花房は、口を開けて見とれていた八重へ問いかける。

「あなたの歩みが軽快ならば、狭霧の摺り足はいたく重厚に見える。どちらも素晴らしい。生まれ育った土地の舞が所作に生かされているね。八重を見るにつけ、筑後とはさぞかし陽射し明るい国なのだろうと、誰もが思いを馳せる」

「はいっ。お陽様ならばどこの国にも負けません。いつか遊びに来てください」

「いつの日か、遊びに行けるとよいけどね」

すると花房は、八重の顔をまじまじと見つめてきた。

「ななな……花房さま、私に何か」

うろたえる八重に向かって、花房は淡々と訊ねる。

「八重、あなたはどうやって顔を洗っている?」

「顔ですか？　こうやって水でバシャバシャっと」

八重の様子に、花房は半眼となり、目つきの悪い従者は平然と吹き出した。

「その後は?」

「後って何です?」

「う〜ん……」

花房が眉間を押さえた。

「賢盛、小豆の粉とウグイスの糞を、用意してくれないか。物笑いの種になる」

「肌を白くしたところで、そいつが笑われぬとは思えないが」

　どうやらこの失礼な従者は、賢盛という名らしい。花房ともかなり親しいようだ。

「それと花梨水。三月の間に、できる限り陽灼けを抜かないと、化粧ものらない」

「白粉刷いて灰まだらになったら、目も当てられないからなあ」

「陽灼けを抜けば、可愛く仕上がるよ。急いで花梨水を取り寄せてくれ」

——可愛い？　花房さまが私を可愛いって、今、言ったよね。

天にも舞いのぼる心地でいた八重を、花房の従者が意地悪く矯めつ眇めつしている。

「上辺だけ塗っても地は垢抜けないぞ、花房」

この悪口の連続には、お人好しの八重も、さすがにカチンときた。いくら少しばかり顔がよくて垢抜けているからといって、よくもまあ暴言ばかり連ねてくれたものだ。

「都びとは、人が悪くて信用ならないと言われているのを知らないの？」

「……なんだか面白いこと、言い始めたな、この筑後のお方は」

「私が花房さまに褒められたのが、そんなにいやなら」

「……いやならば、どうとした」

「ええっと……どうしましょう、花房さま」

「どうしようと問われても……ならば八重、得意の剣でこの賢盛と闘ってみないか。あなたの腕がいかばかりか知れば、考えを改めるかもしれない」

そのとき、狭霧が歩みを止めた。

花房の従者との立ち合いをやめろと、目で告げている。

しかし、八重は失礼極まりないこの従者に、怒りを覚えていた。

——いかに花房さまの従者といえども、許せない。

「やる気らしいな。この山出し……」

「賢盛、相手は女子だ。心して受けてやってほしい」

「あ、そうね。女の子ちゃんだからなあ」

木刀を渡された八重は、花房の従者が一切の構えを捨て、ぼうっと立っている姿に怒りをつのらせた。

——私のことを、まるで相手にしていないんだ。

カッとなった八重は、不遜(ふそん)な従者に突っ込んでいった。

「たあっ」

すい、と軽く逃げられて、八重が振るった一の太刀は空振りに終わる。

「逃げるな」

「だったら、打ち込んでみたら？」

「とおっ」

ひょいとかわした従者は、八重の木刀を軽々と摑んでみせた。

――あ！

「人を斬ってもいないひょろひょろのなまくらが、ここから何をしようというのかな」

すかさず重い一撃が、八重の木刀をたたき落とした。

「ああっ」

「ああじゃないだろう、お前、次には殺されてるぞ」

花房の従者は、八重の襟をひょいと摑む。

「ちょっとこいつを奥で揉んでくるから、お前は連中を、なんとか形にしろよ」

八重へ同情しきりの眼差しを送り、花房はひらりと手を振った。

「お気の毒に。賢盛にかなう武者は、宮中にはいないのだけど、まあ頑張って」

そういうことは、最初に言っておいてほしかった。

「頑張ってって、そんなあ……」

「八重とやら。お前には腕力と愛嬌しかないんだから、その腕力を俺が鍛えてやる」

「いやだ、花房さま、助けてっ」

花房は八重の嘆願をさらりとかわして、他の娘たちへ所作を教え始めた。

――ひ、ひどい。こんな悪そうな男と、ふたりきりで稽古なんて！

八重の腕をむんずと摑んだ従者は、そのまま奥の間へと引きずっていく。

「いやだ、あんたなんかと稽古するなんて！」

「俺もいやだ。お前みたいなお人好(ひとよ)し丸出しの女相手に、稽古つけるなんて」

その声音に八重は気づく。この目つきの悪い従者は、実は女性に対して優しいくせに、それを悪ぶった態度で隠していると。

「あなた……いい人なの？」

「あのな。宮中でそんな考え持ってたら、一刻も身がもたねえぞ」

八重は、初めて花房の従者の目を見つめた。その奥底に、幾重にも修羅場をくぐってきた者特有の傷ついた色を認める。

――この人やっぱり、本当は……。

「俺は幾人もの奴儕(やつばら)を斬ってきた。お前も、そうでないと困るんだよ」

「人を……斬る？」

「剣は、遊びでは持てない。持った時から、殺すか殺されるかの天秤(てんびん)に載せられる」

改めて賢盛と自らを名乗った従者は、八重へ重い太刀を渡した。一見きれいな装飾が施されていたものの、それは剣術で用いる木刀とは似ても似つかぬ重さだった。

八重は、ごくりと唾(つば)を呑(の)み込(こ)む。

賢盛が差し出した剣は、単なる武具ではない。武官とは、すなわち命令一下で人を殺(あや)

め、宮中を護る覚悟を示した者で、刀は殺意を常に帯びている。

「もう後戻りはできないな。花房は誰ひとりとして、故郷へ送り返す気はない。お前ら全員を、鍛え上げるつもりだ」

口の悪い従者は、八重の肩をがしりと摑むと間仕切りの際まで寄せて、所作の稽古を、確かめさせた。ぎこちないながらも、娘たちが摺り足で歩んでいる。

「見ろよ。お前がやったから、他の連中も真似して形になろうとしている」

「………？」

「お前でなければできない何かがあるのだろう。だから、ここへ呼ばれたんだ」

「私が何を？」

「知るか。それは自分で摑みとっていけ」

そして、八重は強い手で背を押され、稽古の場へと押し出された。

「こいつ、これから頑張るってさ」

「あうあうあう」

突きだされた八重は、床に転がる寸前に、花房と緑風の手で支えられた。

「乱暴だな、賢盛は」

「そうですよ、あの方は、女子に対して手荒すぎます」

「違うっ、違うの。あの人は、本当は優しくて……」

「……ん？」

花房と緑風が同時に、八重を見つめた。

「賢盛は、従者連中では飛びきりの美男だ。八重がときめいてもおかしくはないよ」

「違う違う！　私はそういう意味で言ったんじゃなくて」

ぷっと花房と緑風が吹き出し、歩みの稽古をしていた一座へ笑いをもたらす。

「ときめきも大切だ。強いだけでなく美しく咲いてこそ、後宮を護るにふさわしい」

急に真顔で花房に言われて、八重の頬に血がのぼる。

「私、頑張って強くきれいになりますから！」

「皆も八重に劣らぬ真剣さで励むように。私は全員を信じています」

娘たちを残し、花房は土御門邸へ帰っていった。衣の残り香が、鼻先をくすぐる。

――なんていい香り。

八重だけではない。凜花の官として召し集められた娘たちのすべてが、その香を追った。

橘の花と青葉の香りが相まって、柑橘の園を渡る風に似た爽快感にひたる。

一同がぽおっと上気していると、最初に正気に返った左京がまなじりを吊り上げた。

「お前たちのような者に、花房さまがお気を遣うなどもってのほか」

左京は周囲を睨みつけると、駆けだしていった。

「花房さまっ、お待ちください」

「……なんだ、あれは？」

緑風は笑い飛ばすが、左京のただならぬ様子が八重には不安だった。

慌てて左京の後を追う。

「花房さまっ、お話がございます」

左京から呼び止められた蔵人は、壁渡殿（かべわたどの）の途中で振り返った。

ふたりが立ち止まったので、八重も陰に身を隠す。

「話とは、何かな」

「花房さま、あのような者ども、指南するには値しません。この私ならば、すぐにでも飛（ひ）香舎（ぎょうしゃ）へ入り、中宮さまをお護りできます」

「確かに、あなたならば藤壺（ふじつぼ）へすぐにでも入れるだろう。けれども認められない」

「なぜでございますか」

八重は、左京が花房の袖にすがりつく様を見て、息を呑んだ。

——そこまで親しい仲だったんだ！

八重の胸の奥に、何かがチクチクと刺さる。土御門邸の御曹司と、館を護る武人の娘というだけではない強い何かが、ふたりには感じられる。

花房は、袖を摑んでいる左京の指を、ゆっくりと外していく。

「あなたひとりで、中宮さまをお護りできるか。後宮には、いかなる敵がひそんでいるかわからない。ひとりでは闘えないよ、みずき――いや左京」

その言い間違えで、花房と親しいと告げた左京の言に嘘はなかったと気づけば、胸の奥のチクチクは更に増す。

「花房さま、私が寝ずの番をしてみせます。どうか私ひとりだけでも先に、中宮さまの警護に行かせてください」

「あなただけを危険にさらすわけにはいかない。それにまず、あなたには友が必要だ」

「友など要りませぬ。あのような者たちを、どうして友と呼べますか」

悔しげにうつむく左京を、花房は慈しみ深く諭す。

「あなたから見れば、他の者は力足らずかもしれないが、私は十二人全員の粒を揃えて後宮へさしあげる。それが左大臣さまとの約束なのだよ。あなたも力を貸してほしい」

「あなたなんて他人行儀な呼び方をしないでください、花房さま。昔のようにみずきと」

「それはできない。あなたが凜花の官になると決めた時から、土御門のみずきはいなくなった。私にとって、あなたは監督すべき武官候補生のひとりでしかない」

「……っ！」

「これ以上、仲間を悪しざまに言うなら、あなたをまず凜花の官から外す。土御門に戻ったら、みずきとして振る舞っていい。私も昔と同じように扱う」

血の気を失った左京は、唇を嚙みしめて小刻みに震えていた。

――あの権高で意地悪い左京が、あんなに。左京は、花房さまが大切で……。

そのとき、八重の裡でぱちんと弾けるものがあった。

「むごか……っ！」

八重は物陰から躍り出て、花房に突進すると、その胸ぐらにしがみついた。

「花房さまは、顔はきれいでも、むごかっ！」

「八重……」

「血迷ったか、筑後の山猿っ」

従者の賢盛が引きはがそうとしたが、八重は花房の胸元にかじりついて離れない。

「左京は、最初から意地悪ばっかり言って、いやな人じゃと思ってたけど、それは全部、花房さまに恥をかかさないようにだよ！」

「離れろ、山猿！」

「いやだ、花房さまは何もわかってない。左京は花房さまが誇りだと言ってた！」

「おい、いい加減にしないと……」

「いい、賢盛。八重の気の済むように」

困り切った蔵人の胸をポカポカ叩きながら、八重は怒り泣きする。

左京の気持ちを思えば、自分が蔑ろにされたみたいに切なかった。

「私は兄者と一緒にいたくて、褒められたくて、剣を習った。左京だってきっと同じ。花房さまに褒められたくて、いっぱい稽古してきたのに、どうしてそんなむごかこと言えるんだ。人でなし、鬼っ、冷血漢っ！　ひどいよ、花房さま。左京は褒められたくて……」

胸ぐらを叩く八重の手首を、花房は摑んで止めた。

「八重、落ち着いて。そんなことは、とうにわかっている」

「じゃあ、どうして」

「あなたたちのためだ」

蔵人は猪突(ちょとつ)猛進の筑後娘の手首を、ゆるやかに離す。

涙目の八重を見て、花房は微苦笑を浮かべた。

「私が心安い左京ばかりをできると褒めたら、あなたたちの気持ちはどうなる。学ぶ前に卑屈になってしまうでしょう。私も殿上童の頃は、本当に物知らずで大勢の人に、色々教えてもらって、どうにかここまで来たのですよ」

「花房さまが物知らず？　嘘ですよね……」

八重の涙は止まり、怒りの波も引いていった。

「ひどいものでしたよ。あなたと大差ないくらい……八重、少しは落ち着いたかな」

「はい……わっ！　わわわっ！」

この時やっと、八重は花房の胸にしがみついていることに気づいた。

「すみません！」

慌てて身を離した八重は、青くなったり赤くなったりした。

「違うんですっ、花房さまに迫るとかじゃなくて、そのっ」

監督官である花房の胸ぐらを摑んで好き勝手にわめいた以上、咎めは免れないと、八重は井戸の底へ投げ込まれた気分になった。

「私、筑後へ送り返されるのですか」

「筑後じゃ足りないな。佐渡か隠岐へでも流そうか、あなたの兄と一緒に」

「あ、兄者だけは勘弁してください。私ひとりで行きます。兄者はお調子者だけど、いい人なんです。いつも皆のために何かしようと一生懸命で」

「あなたと同じだ、八重。あなたは、左京のことしか考えていなかった」

「…………！」

おかしくてたまらないというように、花房はクックと笑う。

「あなたを島流しにして、島の人を喜ばせる気はないよ、八重。さて、左京」

笑みを消した花房は、青ざめたまま硬直している左京へ、きりりと問いかけた。

「あなたのためになりふり構わず泣いて訴える朋輩がいてもまだ、友など要らないと言うのならば、あなたは人生の宝をみすみす捨てている。よく考えておきなさい」

花房の傍らで賢盛が、廊下の奥へ視線を送った。

「花房、よい子が彼方に何人か。隠れたつもりで見張っているぞ」

小雪に緑風、狭霧が気配をひそめ、八重を心配してこちらを窺っていた。

花房に手招きされると、三人は神妙に姿を現す。

「なにゆえに、のぞき見などしていたのかな」

「……その、心配で」

「ついでに、左京と喧嘩するなら助けてやろうかと」

花房が従者と共に、笑いを噛み殺した。

「四対一では、左京の分が悪い」

縮こまる三人へ、花房はいたずらっぽい笑みを投げかける。

「私も八重が心配だ。情にあついのは結構だが、宮中でやったら島流しかもね」

「やっぱり……」

三人はがくりとうなだれた。

「宮中は黒い烏が白にも金色にもなってしまう不思議なところでね、正論が通るとは限らないんだ」

黒い烏を金色と押し通す第一人者・道長の傘の下にいる花房は、ふと傷ついた色をのぞかせた。狭霧の細い眼の奥が一瞬、鈍く光る。

「八重が正しさゆえに突っ走ろうとしたら、あなたたちが何としても止めてください」

――花房さま……。

摑みかかった無礼を叱るどころか気遣われて、違う涙が湧いてくる。

「おい、今度は何だ。忙しい娘だな」

「だって、花房さまが、優しいから……」

蔵人はあまりに素直な八重に、口の悪い従者と困り果てた視線を絡ませた。

ふたりの惑いを汲んだのか、狭霧が袖からこそりと取り出したものを八重へ渡した。

「そうだ、八重。この子を預けておくよ」

小さな白ネズミだ。

「狭霧、この子は何？」

「あんたが危なくなった時に、この子に知らせればいい。すぐに私のところへやってくるから」

「ネズミが？」

「伊賀の国には、動物を仕込む特別な術がある。この子の名は〝朝靄〟」

「そんな大切なネズミを、いいの？」

「朝靄は、八重よりも危機管理能力が高いから、危なっかしいあんたに貸してやる」

「ひっどーい」

明るく情にあつい八重、しっかり者で聡明な小雪、竹を割ったような気性の緑風、そして癖のある狭霧。出会って間もない四人の間には、見えない絆が生まれつつあった。

花房は、土御門邸で育った矜持に振り回されている武人の娘へ忠告した。

「八重たちと共に左京も励みなさい。ひとりではできないことでも、人の和で乗り切れるからね」


花房の命で従者の賢盛が、八重のみならず凜花の官全員へ、基礎化粧品一式を運び込んだのは一刻後のことだった。

八重以外の娘は、洗顔料として小豆の粉を自宅から持参していたが、花房は小豆粉に生薬を混ぜた澡豆とウグイスの糞を混ぜて、顔を洗うように指示してきた。

「小豆はわかるけれど……ウグイスの糞なんか顔につけたら、ばっちい気が」

渋る八重を、賢盛が睨む。

「ばっちくない、どこの貴族の家でも洗顔用のウグイス飼ってんだよ。鳴かせてよし、おまけに毎日、肌が白くなるありがたい糞をくださる、世にふたつとなき瑞鳥だ」

「貴族の考えることってわからない」

「わからなくて結構。けれど、八重は陽灼けを抜かなくちゃいけないからな、普通の連中の倍量使うように」

「私だけ倍ですか！」

「色白肌にするには、ウグイス様のありがたい力にすがるしかないんだよ」

「ええっ、いやだなあ……」

八重の戸惑いはもっともだが、肌の白さを美の物差しにしている貴族たちは、こぞってウグイスの糞の薬効に頼り、日夜肌を磨いていた。梅の木につく虫と青葉を主食とするウグイスの糞は、洗顔に用いれば肌を白く美しくするとつとに知られ、誰が始めたとも知れぬ美容法ではあるが宮中では常識となっていた。

「ウグイスの糞で満足してもらっては困る。磨いた肌の仕上げには、この花梨水だ！」

露天の物売りの口上よろしく、賢盛は瓶子（へいじ）を娘たちに配っていく。

「お嬢さん方、よく聞いてくれ。土御門邸に伝わる、門外不出の花梨水とはこのことで」

「……門外不出の花梨の水？　それは何ですか、賢盛さま」

人一倍美容に気を遣う小雪の眸（ひとみ）に、好奇心の星が宿る。

「よくぞ訊（き）いてくださった、越後からのお嬢さん。これは源氏（げんじ）が名流土御門邸秘伝の美顔水。お肌しっとりすべすべの上に、更に色が白くなるっていうからお立ち会い」

「花梨の水って美味（おい）しいの？」

「おっと、筑後の娘さん。これは口からじゃなく、肌が飲む美酒（うまざけ）なんでね、聞こし召すのはやめてもらいたい」

冗談めかしている賢盛も、内心は八重を三月でいかに漂白しようか必死である。陽灼けした肌で昇殿しただけで、物笑いの種にする意地の悪さが宮廷人の真骨頂なのだ。

「お前らが、色白の美人さんになるように、道長様の北の方が、特別にお分けくださった花梨水だ。肝に銘じて塗り込んでくれ」

「左大臣さまの、北の方さまが？」

「そうだ。肌を白くするのも仕事のうち。特に八重！　お前は花梨水も人の三倍塗れ」

どうせ私は地黒ですよ、と八重が頬を膨らませれば、狭霧から譲られた白ネズミが、八重の袖に身をすり寄せる。

「朝靄みたいに白ければ、ウグイスの糞なんかで顔を洗わなくても済むのにね……」

「おい、筑後の黒猿、ネズミに庇(かば)ってもらう暇があったら、肌磨け」

八重は肩をすくめる。賢盛は顔が整っているのに反比例して口が悪い。

と、朝靄が和歌の冊子を銜(くわ)えて、八重の前へと運んできた。

「これからまた勉強しろと言ってるよ」

狭霧がニヤリと頬を緩ませ、小雪も紅唇を緩めた。

「八重が歌を覚えていないって、ネズミにまでバレているの」

「だって、『古今集』だけじゃなくて、『万葉集』とか何とか歌の本がいっぱいありすぎて」

「覚えるには、ただ読んでいるだけでは駄目ですから」

小雪は八重の掌に、指で歌を書いていった。

「小野小町の歌です。

思いつつ　ぬればや人の　見えつらむ　夢と知りせば　覚めざらましを」

会えない時こそ、想いを深め育てていく。なんと美しい恋の歌だろう。

「このような恋がしたいわね、八重」

「こ、こ、恋なんて……私は、その……」

応えに詰まった八重の掌へ、小雪はもう一度ゆっくりと小町の歌を書く。

「筆で書いても忘れてしまう人は、手に書けばよいと、父に教わりました」

「手に書けば、覚えられる？」

「頭ではなく、身体で覚えるのですって。八重は読んでも忘れてしまうでしょう」

「うっ。私だって歌のひとつやふたつ、覚えますよ」

小雪の励ましが、八重にやる気を出させた。

「『古今集』だけで、歌は幾つあるの？」

「千をこえるけれども、覚える自信は？」

「それは無理……」

ぷっと小雪たちは吹き出した。

「剣の型を覚える気になれば、すぐにできるはず」

「あ、それはできる！　幾つでも教えて」

小雪は、『古今集』の次の歌を、八重へと伝えた。

「春の華やぎを詠ったもの、夏の眩しさ、秋のかげり、そして冬の寒さのしんとした風情。歌には色様々な詠む人の心が映されてるの。心の揺らぎを三十一文字に映せば、すなわち歌になるわ」

「心の揺らぎ？」

「私たちといて、愉しいでしょう？」

「もちろん！」

「それが歌の始まりよ。では、庭へと出ましょうよ。花と木々をどのように観賞するか、教えてあげる。単にきれいというだけでは駄目かな」

「よし、やるっ」

八重は庭へと駆け下りた。なるほど小雪が言う通りに、広い庭には香り高い木々が植えられ、あちらこちらに花も咲いている。

「きれいだね！」

そのとき。植え込みの奥から、足音を殺して近寄る者の気配がした。

曲者かと八重が睨めば、足音は止まり、相手は動かなくなった。

「どうする？」

「とっ捕まえるに決まってるだろうが。八重、来いっ！」

緑風の声に従って、八重は草の茂みへ身を躍らせると、不審者の腕をひねりあげた。

茂みに身を隠していた男は、ふたりに一気に両手を摑まれても、慌てるふうでもなく、悪びれもせずに見つめ返してくる。

「あの……この館へ各国から女子が集められているという噂は、真でございますか？」

「何を言うのか、怪しい男め」

八重はその手を更にねじった。

「いたたたた！　怪しくはございません。私は藤原章広という者でございます」

「それがどうした。この館へなぜに忍び込んだ」

「兄上に言われて、仕方なく。あの……花房殿にお訊ねになれば、私が怪しい者ではないとおわかりになるかと」

八重は男の手を離した。花房の名を出すからには、相応の知己なのだろう。

すると爽やかに笑われた。夜の庭だというのに、八重は草原の日だまりへ連れ出された気がした。陽射しの眩しさと温かさを、その笑みは放っていた。

何の疚しさもないはずなのに、八重の心臓は早鐘を打ち始める。

「わ、わかりました。すぐさま、花房さまへ」

「よいのです。あなた方を見ただけで、兄へ報告ができますからね。土御門にほど近い館へ、美しい女子が集められていると」

章広と名乗る公家の穏やかな声に、今度は別の意味で八重の頬が熱くなった。ときめきではなく、呆れと漠然とした憤りで。

――このお方は、ただのお遊びで館を盗み見ようとしたんだ……。

館での騒ぎはすぐさま土御門邸へと伝わり、花房と賢盛が駆けつけてきた。

「章広さま。寺よりお戻りになったのですか」

「やっと戻れたのでございます。自ら望んだとはいえ、寺務めはつろうございました」

「幾重にもお気の毒に」

「そして今宵は、こちらで歓迎を受けたところです」

花房は、侵入者を捕まえた勇敢な娘たちへ、章広の身元を保証した。

そうすると、まだ少年の面影を残す章広は、祝言の夜に誰かの呪いで許嫁が謎の死を遂げたと告げた。回向のために一年ばかり寺へ籠もっていたが、明日からは昇殿するという。

「花房殿、なぜこの館へ女子を揃えているのですか。わけを教えてくださいませんか」

「言えません、あなたさまに教えたら、明日には宮中の皆が知ることでしょう」

「私は信用されていないのですか」

「あなたさまを信じていないのではございません。……ただ、あなたさまのお近くにいる方々を、まずは警戒しております」

「それは残念。でも、いずれはわかりそうですね」

そう言って、八重に軽く扇を振ると、御曹司はあっさりと館を去っていく。

──なんとも優しげで、軽やかな方。

八重はその背を見送る。また会いたいと思わせる、なぜか懐かしい笑顔だった。

「花房さま、あの方はどなたです？」

八重の問いに、花房は困った顔をした。

「右大臣さまの、ご親戚であらせられる」

「右大臣さまなんて、凄い！」

「そこは褒めるところではないね。右大臣さまは、ちょっとアレなお方なので……」

「アレって馬鹿の意味ですか？」

「八重、なんて失礼を！」

小雪に袖をはたかれても八重はひるまず、花房へと問いかけた。

そのまっすぐな視線に、花房は優しく返す。

「右府さまは、よい方なのだ。だが、お人がよすぎるのと務めができないのが、ね」

「人がよいと、働けないのですか？」

「宮中は、そういう場所で……だからこそ、八重たちには限りなく美しくあってほしい。

嘘をつかず、人を愛し、護っていけるように」

——さっきの方も素敵だけれども、花房さまも……。

「皆、気をつけておやすみなさい。忍び込むのはひとりとは限らないから」

去る花房の背を見送り、緑風が、妙だと目を細めた。

「章広さまとやらも麗しげな殿方だけど、花房さまとはなにやら違う気がする」

「誰よりもお優しいからだよ」

「いや、匂いが違うのだ。花房さまは他の誰とも違う」

緑風が不思議なことを言う。すると小雪と狭霧がクスクスと笑い合った。

「八重は、右大臣さまのご親族に恥をかかせてしまったのね」

「まさかここへ忍び込む男が、そんな偉い人の親戚だなんて……」

しかし、それは八重たちの油断でしかない。若い女子が集められた館があると聞けば、興味を抱く者がいても、しかるべきではないか。

「都って、怖い所だね」

「いいえ、八重の無知のほうが、よっぽど……」

朋輩たちに笑われて、八重はなごむ。

——みんな、あったかい人だ。

ひとりだけ左京という例外がいるが、花房から信用されているのは、信じるに足るものがあるという証拠だ。ただ、八重たちにはよい面を見せていないだけだと思う。

――わかり合おう。今は駄目でも、明日には。

「なんだか不思議な日だったね」

「右大臣さまのご親戚を、八重が捕まえるなんて」

「私だけじゃないよ。緑風も一緒に」

「いや、八重のほうが先に、腕をひねりあげて」

興奮しきった娘たちは、武勇伝にはしゃぐ。やがて笑い疲れて床についた。


一番鶏（いちばんどり）が鳴く前に、宮廷貴族の夜は明ける。

半刻（はんとき）ほど時をかけて身なりを調え、出仕するのが官人の決まり事である。主上ですら早朝から起きて、様々な儀式を行う。殿中に自由というものはない。

「こんなに大変な暮らしをするんだね、宮中の人は」

軽い朝餉（あさげ）のあと、八重たちは庭の端へ集まった。すると花房が愛馬を率いて待っていた。従者の賢盛も同様に、馬の手綱（たづな）を引いている。

「……まさか、私たちが乗馬するのですか」

「まさか乗馬しないのですか、八重」

「します、花房さまっ」

「男の武官ができることは、当然、できるようになってもらいます」

通常、馬で疾駆するのは男性のみで、女性が乗馬する際には横座りで静かに揺られるのが作法だが、花房はその常識を笑い飛ばす。

館の庭には、草木が一切植わっていない一角があった。興ざめだと小雪などは嘆いていたが、それが小さな馬場だと気づくや、八重たちは一斉に色めき立った。

「花房さま、私たちは馬に乗る機会もあるのですか」

「もちろん。中宮さまたちの行啓(ぎょうけい)の際には、先払いの馬に乗ってもらう」

「格好いい！」

「この中で、馬に乗ったことのある者はいるかな？」

左京と緑風が、すかさず手を挙げた。

「ならば、あなたたちは最後かな。まずは慣れるのが大切だから……とりあえず八重と狭霧から乗ってみて。ふたりとも所作が上手かったからね」

従者の賢盛が、鞍(くら)へと八重を押し上げる。高い場所へ持ち上げられた八重は、突然、視界がひらける感覚に声をあげる。

「馬の上って、こんなに高いのですか？」

「それが普通だと知れば、なんてことはない。さて、鞍を腿(もも)で挟んで、まずはゆっくりと歩いてみて。昨日の足さばきならば、すぐにでも並足(なみあし)は覚えるだろう」

花房の愛馬は、慣れぬ八重を心配そうに見てきた。

「あのね、私、初めてだけど、あなたを信じる。だから下手でも……」

馬は小さく頷くと、すぐさま早駆けを始めた。

「わっ！」

「待て！　八重をどこへ連れていく？」

「花房さまーっ！」

振り落とされまいと、八重は馬の首にしがみついた。

「八重、馬の勢いに抗うな！　信じて、身を任せなさい！」

「どうすればいいいんですかっ？」

「絶対に手綱は引くな！　身体を前に倒して、馬と呼吸を合わせて」

手綱を引くなど思いつきもしない。ただ馬にしがみついているだけだ。

ところが、しばらくすると鞍上の八重の身体は、馬の駆ける調子に合ってきた。馬の前脚が出る時に、八重の身体も自然と前へ向かうようになってくる。

——何だかわからないけれど、気持ちよくなってきた。

しがみつきながらも、八重は一足ごとに空へ飛びたてそうな気がしてきた。

「凄い！　凄い！　なんて速いの、もっと速く！」

八重の声に勢いを得た駿馬は、速度を増した。

一同が呆れながら見ている庭で、八重は馬と走り回る。

「そろそろ止めたほうがいいかな、花房」

「調子は摑んだみたいだし、いいかもね。これ以上の早駆けになると、初手には無理だ」

花房は、愛馬がまだ本気を出してはいないと見切っている。ただ歓迎の意を込めて、初心者の八重をもてなしているだけだ。

「おいこら止まれ、春風(しゅんぷう)!」

花房の従者がひと声かけると、それまで軽快に駆けていた馬は、当然といった表情ですぐに速度を緩めた。

「初めてのお嬢ちゃん相手に、それ以上走るのは無理だ」

脚を止めた馬はひと声いななくと、八重へ賢そうな目を向けて反応をうかがう。

――私のために、力いっぱい走ってくれた。

初めての騎乗だというのに、この駿馬は八重を認めてくれたのだ。

「ありがとう、一緒に走る楽しさを教えてくれたんだね。とっても気持ちよかった」

賢盛は、鞍の上で感激する八重の手を取ると、静かに下ろす。

「よく振り落とされなかったな」

「花房さまが、馬に任せろとおっしゃるから、ただそれだけで……」

「ただそれだけが、なかなかできないんだ、八重」

花房はいたずらっ気を起こした愛馬の首を撫でながら、ケロリとしている八重を気遣う。

「馬に乗った初日は足がガタガタになるから、あとは館で座学でも」

「いいえ、一緒にいさせてください。いつか馬と一緒に空を飛びたい……」

八重は軽やかに駆ける馬の背で、ひととき翼を持ったように感じた。翼を感じたあの時間をもっと味わいたくて、馬そのものを知りたくなった。

「私も初めて馬に乗った時、そんな気持ちだった。伯父上に抱かれて、鞍の上を知って、いつまでも乗っていたいと思ったものだよ」

「左大臣さまと一緒に乗ったのですか」

「そう。伯父上は、たいそうな馬持ちでね。私や賢盛は馬場で育てていただいたんだ」

「凄いっ！」

「あなたたちも、じきに連れていけるだろうから、まずは私の馬で色々と覚えてほしい」

鞍からずり落ちそうになった娘へ、花房は目を配る。

「もっと背を張って、怖がらずに堂々と。あなたが信じれば、馬は必ず応える」

馬上の娘が背筋を伸ばしたので、花房はすかさず褒めた。人の長所をすぐさま言葉にする花房は、八重が想像していた貴族の御曹司とは似ても似つかない。

――左大臣さまの甥御がこんなに親切だって知ったら、国司さまは驚くだろうなあ。

左大臣・道長が各国から集めた娘たちは、誰もが進取(しんしゅ)の気性に富み、課題を嬉々(きき)としてこなしていく。猛勉強の日々でも学べばその分、きちんと成長したという実感があった。

剣術、馬術、弓術、格闘術……武道全般は言わずもがな、昇殿に必要な礼法と教養も、詰め込まれていく。あまたの和歌を覚え、楽の音になじみ、香を聞く。花鳥風月の観賞の仕方を学び、宮中行事の故事来歴を紐解(ひもと)く。ひとつできれば花房が彼女たちを褒める。しくじっても、それを「伸びしろがある」と励ますため、落ち込んでいる暇もなかった。

座学が苦手な八重も、少しずつ成長していく。筑後の山で育(はぐく)まれたのびやかな新芽は、都へのぼって蕾(つぼみ)となり、花咲く時節へ向けて日々を重ねていた。


ところが、この人材集めに反撥(はんぱつ)したのは、宮中を護る左近衛府(さこのえふ)の武官であった。

「なにゆえに女子を武官に仕立て、後宮を護らせようとおっしゃるのですか？」

「我らがおりますからには、心配ご無用」

凜花の官へ剣の稽古をつけにきた左近衛府の武官たちは、女に何ができるかと平気で突き上げてきた。

「我らだけで、宮をお護りできます」

「花房様、こいつら女子は用なしですよ」

へらへらとあざ笑う武官の一群に対して、八重ら娘たちは怒りを溜める。

──剣の上手に男女の別があると油断するとは。

少女たちの猛る気を察した花房は、ひとりの武官へ木刀を渡した。

「では、本当に用なしか、試してみるかな」

「こいつらが、俺たちから三本取れば認めましょうほどに」

「たった三本でよいのか」

蔵人は、武官たちの前に立つと、きりりと睨みあげた。

「あなた方は誰しもが腕に覚えがある武官でしょう。しかし、後宮の内側までは入れません。それゆえに、国中から腕の立つ女子を集めて鍛えておりますものを、そのように汚い口で穢されましては、この花房、申し訳がたちませぬ」

「蔵人殿、俺たちはあなたがどうこうではなくて……後宮の警備は俺たちで充分だと」

「充分でないから、中宮さまの飛香舎から女房が失踪したのではないかな」

「うぐっ、それは……」

「だからこそ女子の細腕に剣を持たせ、凜花の官なる令外の官を要したのです。彼女たちを辱める口は、私が許さない。あなたたちから三本取れねば、お笑いあれ」

にっこり笑った花房が放つ怒気に、八重は身震いする。

──花房さまって、怒る時にも笑うんだ！

凜花の十二人を侮辱され、花の顔で売っている蔵人は、少女たちへ穏やかに命じた。

「思う存分に闘ってほしい。必ず三本は取れるから、いいね」

剣の稽古をするはずの場は、突然の決闘場になった。

「とおっ」

「甘いわっ」

娘たちがかけ声と共に打ち込んでいっても、武官の鋭いひと振りで、その木刀は簡単に打ち落とされる。体格と力が異なる男女の立ち合いでは、当然とも言えた。

——どうして、こんなに力の差が。

兄の誉と闘うと、八重は五本のうち三本を取る。剣の世界に男女の差はないとばかりに対等に打ち合える。体格と膂力の差は、剣の腕で簡単に埋まると思っていた。ところが、左近衛府との試合はどうだろう。武官たちは腕自慢の娘を、赤子の手をひねらんばかりに、いとも簡単に打ち負かしていく。

「なぜ、誰も勝てないのですか、花房さま」

「彼らは、どこを護っていると思う、八重」

左近衛府の武官は内裏の内郭の守備を担当し、破られた場合、敵の刃は主上の喉元に迫る。左近衛府こそ宮中警護の最後の一線のため、彼らは不敗の使命を負っていた。

「六衛府の武官のうち、もっとも苛烈な使命感を背負っているのが左右の近衛府だと思う。この気魄に至らない限り、いかに腕があっても勝てない」

「では、花房さまは、私たちが勝てないと思っているのですか」

「いや、勝てるよ。より心の強い方が勝つ。まず彼らは油断しているしね」

その言葉を証明するかのごとく、狭霧が最初の一本を取った。彼女が立ち合いの時に、何かを呟いた途端、相手がよろけたのだ。

「……っ！」

「いただきっ」

調子を崩した相手の肩口に、狭霧は鋭く打ち込む。

「心理作戦に出たか、狭霧。卑怯だけど許す。実戦の時は、勝てれば何でもあり」

清廉かと思えば意外な一面を隠し持っている花房に、八重は蔵人の仕事の複雑さを垣間見た気がした。

「意外と脆かったな、へなちょこりん」

狭霧のたったひと言で、武官たちの眼の色が変わる。

「女子が何を言うか、見ておれ！」

いきり立った武官に、次の娘ふたりがあっさりと叩きのめされたが、左京は数回刀を交えると、鮮やかに一本取り返した。武人の娘という誇りは、実力に裏打ちされていた。

――左京さんの腕は見事だ。

八重の内心の呟きを聞き取ったがごとく、花房が笑いかける。

「左京は、幼い頃から剣が好きでね、筋がよかった。それは八重も同じかな」

「はい?」

「あと一本だ、取っておいで」

左近衛府の武官たちは、誰もが屈強に見えて仕方がない。

――兄者と体格は大して変わらない。だけど大きく見える。これが力の差なの?

「さあてお嬢ちゃん、軽く揉んでやるかぁ」

なめた態度で嘯(うそぶ)く武官のニヤニヤ笑いが、気に障る。八重は勢いよく木刀を摑んだ。

「花房さま、私、絶対に負けません」

「気負い込んではすぐ倒される。それよりも、八重には誰にも負けない武器があるよ」

「武器ですか?」

「舞です。一直線に突っ込んでいかずに、あなたの故郷の舞を舞いなさい」

――舞う……?

「普通に斬り結ばなかったから、狭霧は勝てた。剣を振るうのではなく、剣と共に舞いなさい。あなたの舞を堂々と舞い抜けば、力任せの剣などかわして落とせます」

花房から言われた通りに、八重は木刀を握る手に力を込め、全身からは力を抜いた。

――ひらひらと回りながら、身を翻して、裾(すそ)も腕もすべて丸く動かす。

八重椿の花をどこまでも真似する教えを剣術で使えると気づけば、八重の四肢からこわ

ばりが抜け、自由となった。

「剣は武術ではなく……ならば」

八重は対手へ優雅に腰をかがめ、頭を下げた。『椿の舞』の挨拶は、花の蕾の形から演じていく。やがて大輪の花となる前の可憐（かれん）な姿は、相手の武者をひるませた。

「……花房様、こんな女子と打ち合ってよいのですか」

「あなたがた武官の自慢が太刀の強さならば、私の唯一の自慢は舞です」

「八重。舞いなさい、遠慮せず」

花房の号令一下で、八重の心は舞う者の気持ちになった。

——勝つでもない、負けるでもない。椿となって咲くんだ。

突然に花開いた椿の鮮やかさに、対手の武官は息を呑む。

「できませぬ、このような女子に、剣を打つなど」

「女子が何もできぬと侮るな、武官どの。あなたの剣は、すでに迷っている。八重の舞に見ほれて、打ち込めないのかな」

揶揄（やゆ）する花房に弾かれて、武官は刀の柄を握る手に力を込めたが、大小の円を描き、くるくると舞い踊る八重に幻惑されて、最初の一歩が踏み込めない。

——花盛りの椿の森に、ひとりの青年が迷い込みました。

八重の手足は『椿の舞』の物語を雄弁に語る。

森の奥深くに踏み込んだ青年は、美しい娘と恋に落ちる。求愛し続けた七日目の夜、ついに娘は彼の想いを受け入れ、婚礼の祝祭が始まり、ふたりは結縁（けちえん）する。翌朝、青年が目を覚ますと、森中の椿が散り終え、彼の掌に残るは一輪の花。それは椿の精と恋をした男がひたった七日間の夢であった。

咲く椿、散る椿、風に揺れる花影、花盛りの森は甘さに満ちて、時を忘れさせ……。

大小の回転の連なりが見せる幻に戦意を喪失した武官は、まるで見当違いのところへ空振りし、その隙（すき）を八重は見逃さなかった。

「今だっ！」

「ひっ、卑怯な！」

八重が刀をおろせば、すぐに相手は叩き伏せられた。

はっと正気を取り戻した武官は咄嗟（とっさ）に抗議したが、八重はひるまなかった。

「立ち合いだと忘れたのは、あなたです」

「ま、舞っている女子に打ち込むような卑劣な真似ができるか」

この期（ご）に及んでも男だ女だとこだわる武官に、花房がもう一度にっこり笑った。

「ずいぶんと長く見とれていましたね。膂力で劣っても、女子には女子の武器があります。しなやかな動きだけは、男はかないません。あなたもしかり」

八重の舞に我知らず魅了されていた武官は、喝破されてがくりと首（こうべ）を垂れた。

「……このような女子が……参り申した」

「こちらが三本取ったからには、実戦を知らぬ凛花の官たちへ、あなたたちの強さを分かち与えてください。そうなれば、後宮の外と内とで護りを固められます。今日から彼女たちの手本は、他でもない左近衛府の武官です」

「……ははっ」

花房の言に、武官たちは一斉に頭を下げた。一度相手を認めれば、無駄な意地を捨て、今度は誠心誠意でぶつかってきてくれる相手だ。

八重を指導にかかった三人の武官は、汗みずくになって声を張り上げた。

「駄目だ、その左の手の出し方では、すぐに叩かれる」

「よい！　今のは敵を一気に突ける鋭い太刀だ」

左近衛府の武官たちが凛花の官を育てると心定まったところで、花房は正式に調えられた太刀を佩かせようと、十二人へ刀を与えた。女性用に一回り小さく仕上げられた刀は、後宮でも見栄えがするよう、鞘に繊細な蒔絵と螺鈿細工が施されていた。

「わあ、きれいな刀！」

「これを私たちに？」

武官たちも、口々に美麗な刀を賞賛する。

「式典用ほどの美しさですな」

「いやいや、似合っているぞ」

「拙者は昇殿の日が待ち遠しい」

男の武官には到底醸せぬ華やぎに、左近衛府の強者どももやに下がる。凜花の官を妹分と見なしてからは、彼らはとことん可愛がる方向へ振り切っていた。

武官たちの心をひとつにするように、花房は重石をかける。

「この細作りの刀で、宮さまをお護りするとなれば、もっと腕を磨かねばなりません。頼みましたよ、武官の皆様。彼女たちを三月で一人前の武者に」

「やってみせますとも！」


「し、死ぬかと思った」

十二人の娘たちを真剣に育てると決めた左近衛府の武官たちは、容赦がなかった。

「あんなにやられたら、もうクタクタで……」

館の曹司にドサリと倒れる八重へ、小雪が薄い冊子を手渡す。

「まだ歌の勉強が残ってる」

「ええーっ、まだやるの？」

「やらないと、八重は昇殿できないよ。ほら、一緒に覚えよう」

小雪は歌の学びを一切嫌わず、八重の掌へまたもや字を書いて教えてくれる。

「八重に教えると自分が覚えられる。不思議でしょ。武官の方も、同じだと思う」

人にものを教えるのは、自らが学び直す術(すべ)でもある。この繰り返しが人を育てていく。

「八重、私はあのくるくると舞う剣術を覚えたい」

緑風はしゃんと長身を張り、八重へ教えを乞(こ)う。

「一瞬で、武官を叩きのめすとは、大したものだよ。皆で覚えよう」

八重の頭をポンポンと撫で、緑風の爽やかな語り口が弾ける。南国生まれの八重にはない歯切れのよさだ。

「その話し方は、坂東武者だからなの？」

「私の故郷の話を聞きたいのならば、いくらでも語るよ」

坂東武者は、国境(くにざかい)より北は都に属さぬ蛮族の治める国と見なし、護りを任されている。

「でも、地境の村落を無駄に攻めてはいけない、と父と兄たちに話した……」

その村落が水害に遭った時は、倉の種籾(たねもみ)を分けるよう緑風は進言した。武力による侵攻ではなく、融和によって地境の対立をぼかしていこうと考えたのだ。

「坂東の地より北は、まだ治水がなされず、耕作の地すら満足に整っていない。朝廷の傘の下に入れば、灌漑(かんがい)も少しは進むのだが。とにかく民を助けるのが武人の務めだ」

緑風がさらりと言ったことは、八重の胸を打つ。まるで同じ想いを抱いているのだ。

「私たち、いつか帝さまへ故郷(くに)の様子をお伝えしなくちゃ。まずは強くなって手柄を」

そのとき。

「……それは頼もしいなあ、八重」

庭の暗がりから声がした。

「また怪しの者か！」

すかさず刀を携えた緑風を押さえ、八重は庭へと降りた。

「兄者！」

「八重、お前、今日凄かったらしいな。左近衛府中の者が、お前の話をしている」

筑後の女子が舞いながら剣を振るうと聞いて、誉はすぐに八重とわかった。そこで左近衛府の寮から抜け出すと、凜花の娘たちの館へ忍び込んだのだ。

「お前だけじゃない。きれいな女子が刀を振るうと、大騒ぎになってる」

すでに宮中では、彼女らの存在は隠しようがなく、噂は枯れ野に走る火の勢いで駆け巡っているという。

「左大臣様が用意したこんな館で、至れり尽くせりの処遇を受けてりゃ騒ぎにもなるよ。きれいな装束着て、凄い細工の刀ももらったんだってな」

左大臣・道長の土御門邸のほど近くに用意された館は、凜花の官を養うためにどこぞの公卿から召し上げたようで、左近衛府の者は妄想逞しく、これからの展開を語っているようだ。

「後宮の護りってのは口実で、実際は帝の新しいお相手探しだと言う者もいる。八重、お前もひょっとしたら何かの間違いで、帝のお目にとまるかもしれない。そうしたら俺はお后様の兄上だ。うわあっ、どうしよう！」

「兄者、ふざけないで。私たちは本当に後宮の護りに入るんだ。そのために、花房さまは一生懸命に私たちを指導して――」

「その花房様ってのは、宮廷中の男も女も夢中にさせる大変な方なんだろ」

「いい人だよっ！　本当に真剣に、私たちを導いてくださるんだから」

「うん、それも聞いた。実は左近衛府には、花房様の〝不安聯〟という集まりがある」

「……不安聯？」

「そう。花房様は今朝はもう起きたか、体調はどうだろう、何を食べたか、たちの悪い上卿に迫られてはいないか、と万事につけて不安がる連中で、奴らの前で花房様の悪口なんか言おうものなら、袋叩きに遭うって評判だ」

「花房さま、やっぱりモテるんだなあ」

そこへ、ちょっと待ってくれと、会話へ割り込む者がいた。誉の後ろに立っている、ごつい男であった。

「我は茂蔵と申す。あなたの剣を見て、その、あの……また見せてはくれまいか」

この男は何を言い出したのかと不思議がる八重の肘を、小雪がつついた。

「すっかり八重の虜になったみたいね」

「え？　兄者のお友達ではないのか」

「……そうかしら」

兄の誉の訪れで、その夜は四方山話で盛り上がり、笑いが弾けた。

「あのね、私たち馬にも乗ったのですよ」

「それは凄い！　馬に乗れるのは上官だけだぞ」

「実は蔵人の花房さまが、ご自分の馬を連れてきて……」

話を聞くほどに、誉は妹の恵まれた環境に目を丸くした。

「八重、お前は本当に大切にされているな」

「でも、学びが多すぎて、もうクタクタなんだ。そろそろ寝ていい？」

「おお、悪かった」

兄の後ろで、大柄な茂蔵が頭をちらと下げる。

「また、稽古の場で会おう」

「はい、私にも教わりたいことが、まだ山ほど」

兄と連れを送りだし、八重が眠りにつこうとすると、小雪がこそっと告げてくる。

「明日から私たち、今まで以上に大変な稽古が待ってるね」

「……ん？」

「八重のお兄さんのせいで、私たちもっと名が知られるわ。うふふっ」

彼ら武官が広げる噂のおかげで、明日には女武官の存在を宮中すべてが知るだろう。

「私たちが主上のお目にとまる日も近いわ、八重！」

「そうしたら、租庸調の取り立てを軽くしてもらえるように、お頼みできるかな……」

言うが早いか、八重は眠りに落ちた。その願いに、緑風と狭霧は同じ気持ちで頷く。

「いかなる民も平和に暮らせる世がくるといい……」

「そのためにも、私たちが頑張らねば……」

残る三人も八重の寝息を追いかける。

明日も鶏が鳴く前に、起床の時がやってくるのだ。


「皆様。朝でございます」

侍女と侍童が、凜花の官たちへ起床を促す。

「すぐに起きてください。左大臣さまよりお届け物です」

ぎょっとした娘たちは跳ね起きた。土御門邸からつかわされた匣に、凜花の官たちは騒ぎ立つ。主上の詠んだ歌を道長が手ずから写した文を添えて、あまたの書物と小匣に入った菓子がたっぷり詰められている。左近衛府の武官たちから凜花の娘たちの評判を聞いた道長が、激励の差し入れを届けてくれたのだ。

「宝匣が来たっ！」

八重がはしゃぎながら匣の中身を床へ並べていけば、小雪は感激に声を震わせた。

「私たち、こんなにも左大臣さまに期待されて……」

緑風も書物を手に取り、感慨しきりだ。

「私らに育てとおっしゃってる」

狭霧は西域の隊商が唐へと歩む絵を見つめて、想いを馳せた。

「海の向こうか……伊賀の者も昔、海の彼方からやってきた」

「唐や西域って、都よりも華やかなのかな」

見知らぬ地に栄える、見知らぬ都。その地に住む者はいかなる言葉を話し、笑っているのかと想像しながら、八重は小箱に詰められていた木の実をしげしげと見た。

「これは何だろう？　見たことのない実だ」

小匣をのぞいた左京の声が潤む。

「一度だけ、頂戴（ちょうだい）したことがある。唐渡りの棗椰子（なつめやし）だ。砂漠の長い道を運んできた西の商人が持ち込み、日本（やまと）に運ばれてきたものだ」

日本と唐は政治的な国交こそ断絶して百年以上経（た）つが、事物の交易だけは細々と続き、唐渡りの品は最高の贅沢（ぜいたく）品として貴族の間に流通している。その高価な棗椰子の実をくださるとは、道長が凛花の娘たちにかける期待のほどがうかがえる。

食いしん坊の八重がまっさきに手を伸ばし、一口齧ってみれば、口中に広がるねっとりと濃い甘味に、思わず目尻が下がる。

「美味しいね。海の向こうに、こんな果実があるなんて……」

左京が冊子のひとつを開いて、ほうとため息をつく。

「この漢詩の写しは、北の方さまにおつきの女房の手によるものだ」

左京は土御門邸の内々まで詳しく、館の真の主人は倫子だと知っている。

「北の方さまを抜きにしては、土御門は一日とて回らぬ。八重、お前がいただいた棗椰子も、北の方さまが心くだいて整えてくださったものだ。少しは感謝して食せ」

「してるよ、美味しくてほっぺた落ちそう」

「そういう意味ではない。その箱を見ろ。北の方さまのご趣味のよさがしのばれる」

塗りの小箱には螺鈿が散らしてあった。うっすらと刷いた波模様の金箔が光を放つ。丁寧な作りだが、贈られた者に過剰に気を遣わせないよう、敢えて引いた意匠だった。

「この箱に御菓子を詰めてくださったのは、左大臣さまの奥方ご本人⁉」

「今頃気づいたか。私たちの装束から香まで、北の方さまが調えられたもの。その勿体なさに気づきもしないから腹が立つ……お前たちへは、もう何も言う気がしない」

「いっぱい言ってるよ！」

八重が混ぜっかえしたので、左京の白い面に朱がさした。

「筑後の！　お前は知ったふうな顔をして、頼みもしないのに私をかばい立てし、花房さまへ無礼を働いた。あの件は、絶対に許さないからな」

「……え？」

八重の厚意はかえって左京の逆鱗に触れ、わだかまりとなっていた。

「こんな物知らずどもと一緒にいたら、胸が悪くなるわ」

それきり左京は部屋を出ていった。そこでようやく彼女の本心に、八重は気づく。

「私、左京を誤解していたみたい。あの人、単なる意地悪じゃなくて」

八重の言葉を小雪が引き継ぐ。

「単なる花房さま大好き人間ってことでもなくて」

それを拾って緑風がため息をついた。

「恩ある方にこちらの分まで気を回しているから、私たちにガミガミ言うわけか……」

「苦労性だな」

あっさりと狭霧は言い切る。

土御門邸で生まれ育った左京にとってみれば、指南役の花房に目をかけられ、かてて加えて道長や北の方の特別な厚情すら恩に感じぬ娘たちの無知が許せなかったのだ。

「……左京の怒りはもっともだ」

「私たち、この御恩にめいっぱい感謝して……」

「まずは御菓子を食べようっ」

キャアキャアと争いながら、八重たちは菓子を頬張る。自然と笑いが溢れた。

「美味しいね、おいしい！」

「西域、最高。棗椰子、最強」

「食べ終わったら、また勉強しなくちゃ。多分、明日から漢詩の講義も始まる」

小雪が正気に返ると、八重も少しは焦りを覚える。

「え、どうして？」

「左大臣さまが漢詩の本を大量に送りつけてきたのは、そういうこと」

その言葉に、八重は肩を落とした。

「えーっ、今以上に勉強するの？」

「ただで棗椰子の実、贈ってこないよ、八重」

緑風が諦めたように呟いた。

知らぬというは恥ではない。これから学んでいけばよいのだ、と凛花の官たちはゆっくり覚えていく。

中宮の周りを護る女性の武官を育てるには、時も財も心も必要だった。が、左大臣・道長は、欲しいものを得るためには、惜しむことなく与え続けるつもりのようだ。

第二帖　花披露

桜も散った弥生の末、ついに凜花の官が昇殿する日が訪れた。宮中の噂と期待は高まるばかりで、誰もがこの時を待ち望んでいた。

「ねえ、この着付けで大丈夫かな」

「平気だよ」

緑の袍に乱れはないか、忘れ物はないかと、互いに確認し合う。

「美しく整っているね」

花房が全員によしを出し、十二人の娘たちは一斉に館を出発する。すでに噂の先触れが行き渡り、館の門前から内裏までの道は、物見高い人々でごった返していた。

「ほお、あれが女子の武官とやらか」

「きれいなものだ」

「ひゃーっ、寿命が延びる」

野次馬の喧噪をよそに、十二人の胸のうちは緊張と不安でいっぱいだ。

――八重、もっと笑って。

小雪が目で合図してくる。

――駄目！　私、手と足が逆に出そう。

ぎくしゃく歩く八重を見かねて、花房が囁く。

「どうした。自信を持っていきなさい」

「はい……でも、口から胃がひっくり返って出そうです」

「カエルでもあるまいに。なんならひと声ゲロゲロと鳴いてみてはどうかな」

「はひ……」

どうにか一行が内裏へ辿り着けば、内部もまた見物衆で溢れ返っていた。内裏の者たちは、凜花の宮がこれから宮廷人になると待ち構えている分、眼差しも露骨である。

「これはまた趣のある……女子とも童ともつかぬ姿」

「女房とはまた違い、凜々しいところが何とも」

少年を思わせる姿の娘たちに、妖しげな目つきをする貴族も多い。

――こんな野次馬くらいで挫けちゃ駄目だ。やっと宮中まで来たのだから。

そのとき、八重は左近衛府の武官の群れに見知った顔を見つけた。兄の誉が茂蔵と共に見物衆の中にいた。八重の肩から無駄な力が抜ける。

「八重、頑張っていけよ！　左近衛府の皆が、お前たちの不安聯だ！」

――兄者！

誉の声に勇を得て、凜花の官たちは改めて背筋を伸ばす。これから後宮と呼ばれる伏魔殿へ入っていく不安と自信のなさを、誉の声援が吹き飛ばした。

――この日のために、私は筑後からやってきたんだ……。

中宮彰子の暮らす飛香舎は、庭に植えられた藤に由来して「藤壺」と呼ばれている。開きかけた藤の花が、近日中に開かれる「藤の宴」を待ちわびて、かすかに薫っていた。

少女たちは藤壺の奥へと通された。まずは中宮への挨拶から後宮回りは始まる。

「お声をかけられるまで黙っているのを忘れずに。特に八重、今日はしとやかにね」

「……わかっております、花房さま」

控えの間から母屋へと進めば、女房たちが居並ぶ奥に御簾がしつらえてあった。

――あの奥に中宮さまがいらっしゃる！

そう思うだけで、八重の胸は高鳴る。筑後で暮らしていた時には、中宮と対面するなど思い描きもしなかったが、目の前の御簾の向こうにはその方が座しているのだ。

「宮さま、花房が例の者たちを連れて、まかり越しましてございます」

「花房、待ちかねました」

「三月もの間、心細い思いをさせて申し訳ございません。しかし今日からは、この凜花の官らが後宮を内からお護りいたします」

「では、みなの顔をよく見せてくれませんか」

ひとりずつ御簾の前へ膝行し、名乗るようにとの仰せである。

次々と挨拶が進み、八重の心臓は早鐘を打つ。

──私の番だ！　中宮さまに覚えていただける。中宮さまにっ！

「あっ！　とっとっとっ、あーっ‼」

と、挨拶を焦った八重は勢いがつきすぎて、中宮の御簾へ頭ごと突っ込んだ。

「慮外者！　なんという非礼を！」

花房と女房たちが顔色を変え、八重は四つん這いになったまま硬直して動けない。

「私……私……その……」

「とんだ失礼を！」

慌てて平伏する花房に、穏やかな声が降り注いだ。

「元気があって頼もしい。そうは思いませんか」

中宮が差し伸べた救いの手に、女房たちが笑いさざめく。

「ほほ、まことに。八重さんは、宮さまに一度で覚えていただきましたね」

「まさか、わざと？」

大失態すら中宮の意向ひとつで洒落のめした笑いに変えてしまう、これぞ女房たちの社交術だと八重は真っ赤になりながらひたすらに謝った。

「本当に申し訳ございませんっ！」

恐縮する八重に、尚も中宮は優しい声をかける。

「今日は、元気のよい八重と誰が護ってくれるのでしょうか」

「それでは、八重を中心に小雪、緑風、狭霧の四人で」

昇殿初日から警護に当たれるとはなんと素晴らしい、と八重は感激する。

「あとの后の方にもご紹介しなければなりませぬので、ひとまず失礼しますれば」

「頼みましたよ、みな」

贅沢な室礼の藤壺を下がり、凜花の官は後宮の七殿五舎すべてを回る。

「後宮の警備は簡単ではないよ。まず、誰がどこにお住まいかを覚えねばならない。そして各殿舎の女房や後宮に出入りしている者の顔もすべて」

「覚えることが多いのですね」

「序の口です。一番ややこしいのは人間関係かな、蜘蛛の巣みたいに複雑だから」

花房が危惧した通り、右大臣家出身の女御・元子は、凜花の官と聞いて不思議そうな顔をした。

「なんのゆえあって、私の承香殿にそのような者を入らせる必要があろうか。女房が姿を消したのは藤壺で、私には関係ないではないか」

「たとえ事件が起きたのは藤壺でも、こちらの殿中が安全という保証はございません。しかるにこの凜花の官たちが、日がな警備に訪れますれば、幾分はお心安らかかと」

「いやじゃ、そのような得体の知れぬ者ども。藤壺あたりを好きに散策するがよかろう」

左大臣の道長が半ば私的に雇った警備の者など邪魔、と元子は拒絶した。表向きは官人でも道長の肝煎りだと、後宮中にはとうに知れ渡っていたせいだった。

花房の表情が曇る。

「これでは先が思いやられる。出入り禁止の場所が他にもありそうだ……」

一条帝の四人の后はすべてが対立関係のため、いかに武官だと説明しても、中宮以外の三人は、道長の息がかかった者をはなから信用していない。

「それでも御護りするには、主上から話を通していただくしかあるまい」

凜花の官の最初の敵は、すでに殿中にひそんでいた。

中宮彰子の藤壺へ戻った八重らは、折よく渡ってきた一条帝一行に出くわした。

主上は、少年とも少女ともつかぬ十二人へ、そろりと視線をくれた。まじまじと見つめては気の毒という気遣いだった。

「花房、その者たちが凜花の官なる女子か」

「はい。花の姿をしておりましても、心ばえと剣の腕は、いずこの武官にも劣りません」

「ほ、普段は遠慮がちな花房にしては、強い物言い。丹精した自信ゆえか」

「私は何もしてはおりません。もとより凜と咲く花を、宮中へ移しただけでございます」

三月の猛特訓の間中、監督役の花房は八重たちに自信を持つように言い続けた。

『今日できぬことは、明日できればいい。あなたたちは選ばれた者です』

その言葉が、挫けかけた八重をどれほど支えたかわからない。礼儀も和歌も漢詩も、知らないことだらけだった八重たちを、花房はたった三月で、どうにか昇殿できる形にまで仕上げてしまった。その結果が、図らずもかなった主上との対面だった。

――初日早々、帝にお会いしてしまった！　夢じゃないよね。

あまりに勿体ない遭遇に、八重は目の前がチカチカする。父と母に語ったら泣いて喜ぶだろうと想像する八重の眸が潤む。

感激のあまり固まっている娘たちへ、主上が下す眼差しはどこまでも温かい。そして、普段は威厳で包み隠している本来の茶目っ気をのぞかせた。

「しかして、くだんの剛の者はどちらか、章広」

「はい、一番健やかそうな者でございます、主上」

「…………！」

主上の一行には、例の侵入者・藤原章広も侍従に返り咲いて加わっていた。

――あの時の、侵入者！

十二人を見比べた一条帝は、迷わず八重に視線を定めた。

「おそらく、右から二番目か」

——見られてる！　帝に見られてる！　どうしよう……。

緊張のあまり更に固まった八重に、雲の上の人は軽やかな声をかけた。

「そなたが章広を捕まえた武勇伝は、私も聞いている」

「主上、本当にアッという間に取り押さえられました」

「頼もしや。これからは七殿五舎の護りに励まれよ」

「ははは、はひっ」

やっとのことで八重が返せば、笑いを含んだ気配のまま、主上のお渡りは終わった。

一条帝は、蔵人所の預かりとなっている凛花の官を気に懸け、非公式に挨拶の儀を行おうと、敢えて藤壺へ渡ってきたのだった。

そうした宮中の〝腹芸〟を知らず、八重はこの僥倖に舞いあがらんばかりだった。

——こんな凄い偶然てあるんだ！　帝にお声までかけてもらえるなんて！

主上一行が藤壺を退出する際、章広がこちらを振り返った。はっきりと八重を振り返って、微笑んだ気がした。

——えっ？

一瞬の幻かと思える笑みを残し、何事もなかったように、章広は主上に付き随って母屋を下がっていった。

——今のは何だったの？

大勢へ向ける挨拶の笑みではなく、八重に向けたものに思えたが。

——ううん、気のせい、気のせい。

彼の残像を追いつつ、女房たちがうっとりとしている。

「いつ見ても章広さまは、すがすがしいわねえ」

「あなた、この間、文をいただいたのですって？　章広さまを狙っているのかしら」

「それは内緒」

女房たちは恋を遊戯として捉え、軽やかに語りもすれば、突然夢中になって周囲を驚かせたりもする。宮中ではそれが流儀だと教えられても、八重は面食らう。

——誰かが好きとか何とかって、平気で話してる！

今日の日和を語るように恋愛を話題にする女房たちは、モジモジと居心地の悪そうな八重へ、興味津々の眼を向けた。

「もしかして、八重も章広さまに？」

「違います、そんなんではなくて」

「いいのよ、章広さまに焦がれている女は多いわ。だってあの爽やかな笑顔といったら」

女房たちは黄色い声をあげる。

「以前は花房さま一辺倒だったけれど、章広さまが出仕するようになったら、どちらがよいか迷ってしまって」

「あら私は、章広さまの兄上の三位の君も捨てがたいわ。大人の魅力があって」

女性たちの大好物は、他人の噂と恋の話だ。

「八重は、故郷に好きな殿方はいなかったの？」

「これからは多くの殿方に言いよられるから、覚悟なさいね」

凛花の官は、新しいもの好きの宮廷人にとっては、手に入れたい珍奇なモノだった。

「ふふっ、わからないことがあったら、お姉さまが色々教えてさしあげてよ」

小雪は八重を取り巻く女房たちの騒ぎを、にこやかに観察していた。

「あなたは静かね、小雪」

「私には密かにお慕いする方がいるものですから」

「忍ぶ恋ね、それこそ恋の王道というものよ」

一条帝の新しい后になろうと望む小雪は、真意を人に告げられはしない。その秘密を知る八重は、苦笑いをするしかなかった。恋には無縁の八重とは異なり、小雪は抑えながらも色香を漂わせ、ひょっとしたらお目にとまる可能性もないとは言えない。

——帝のお后さまになろうなんて、考えもしなかったけれど。

かく望むのは小雪だけではないと、この三月の間で八重も知った。地方の出身者は、緑風と狭霧以外のほとんどが、玉の輿を狙っているように思えた。

——私は主上とお話しして、故郷の税を安くしてもらいたいだけ……。

恋とはほど遠い表情をする八重に、世話好きの女房たちがじゃれかかる。

「奥手な八重には、良い物語を貸してあげましょう」

「物語ですか？」

「式部が書き始めた、とんでもなく面白いお話があるの」

嬌声があがった。中宮に仕える女房のうちに、式部と呼ばれる才女がいるという。

「左大臣さまがお呼びになった、類い稀な方よ。近頃、光の君と呼ばれる貴公子が恋を繰り返す物語をお書きになって、今、宮中で読まない女房はいないの」

道長が三顧の礼で迎えた才女へ、かつてない物語を書くようにと最上級の紙を送りつけたと聞き、八重は式部なる女性に興味を持った。

——左大臣さまが惚れ込むほど頭のよい方。会ってみたい、話してみたい！

八重の気持ちは、すぐ顔に出る。女房たちはその心を読んで、たたみかけてくる。

「今はご自分の曹司で、続きを書いてらっしゃるけれど、すぐに会えるから」

「夜も眠れないほど面白いのよ」

「こうして八重も大人になっていくのよ」

出仕初日にして、女房たちは八重を可愛い妹と感じ始めているようだった。

夜になり、八重と小雪は組んで初めての巡回に出た。

「夜になると、七殿五舎は余計に広く感じるね」

「魑魅が出てきそう」

「やめてよ、怖い話、苦手なんだから」

「後宮だもの、怨霊のひとつやふたつ出そうじゃない」

小雪が面白半分で八重を怖がらせていたところ、庭を見やれば藤の大木の下に、誰やら立っている。藤の精とも亡霊ともつかぬ白く細い姿がゆらゆらと――。

「出たあっ！」

八重と小雪は揃って悲鳴をあげた。

「怨霊退散、怨霊退散、祓いたまえ、浄めたまえ」

「難し早　会が弄りに　醸める酒　手酔ひ足酔ひ　我酔ひにけり」

小雪に至っては、百鬼夜行に遭遇した時の呪文を唱えて、眼を瞑っている。

「父者、母者。出仕した初日に、取り殺されるのはご免ですーっ」

「ひどいな、人を化け物のように」

その声を聞いて、八重は再び叫ぶ。

「しゃべったー！」

「愉快な人だ。その迫力では、魑魅魍魎も逃げてしまう」

「……ん？」

　どこかで聞いた声だと、八重がおそるおそる確かめれば、藤の下に佇むほの白い影は、直衣姿の章広であった。襲の色目は表が白、裏が青の「卯の花」。直衣は私的な時のみ許される格好なので、公務とは無縁の時間に後宮をふらついていたのは自明だった。

「またあなたですか！　中宮さまのお庭で何をしているのですか？」

「咲き初めの藤を眺めていただけです。藤見の宴は三日後ですが、満開になる前の風情もよいものです」

「また怪しの者と勘違いされますよ」

「そしてあなたにまた捕まる。二度も同じ目に遭ったら、いい笑いものになってしまう」

　言葉こそ殊勝だが、章広は藤の房を撫でながら、香りを楽しんでいる。

「どうか今宵は見逃してください」

　夜半の忍び歩きは、貴族の約束ごとでもある。日の高いうちに仕掛けた恋を、夜に回収するのが男女の常なれば、と八重は敢えてさばけたふりをした。

「どなたかと逢い引きですか？」

「藤の花とですよ」

　章広はふふっと笑って藤の大木から離れていく。

「夜の警護は大変ですが、頑張ってください。期待しています」

「待ってください。今度、無断で入ったら捕まえますよ」

「それはおっかない。気をつけるとしましょう」

一陣の風が藤の枝を揺らし、貴公子は庭から抜け出ていった。

「不思議な人……」

「あの方は、風流がわかるのでしょうね」

「人騒がせだよ。今夜はもう何もありませんように」

ふたりは庭を巡る。藤の花を愛でる貴公子の残像はかき消えて、空が白んでいった。


すっかり夜が明け、初の宿直が済んだ八重が館へ帰ると、藤が二枝届けられていた。

枝に結ばれた薄様には『ゆうべの御礼です』との短い文に歌が添えられている。

『わが宿に　さける藤浪　立ちかへり　過ぎかてにのみ　人の見るらむ』

見事な藤の花が風に揺れ、道行く人が立ち止まって見入る様を描いた歌である。章広は道行く人をおのれとし、藤壺を八重たち凜花の官の家に見立てて遊んでいた。

「小雪、あの人、ふざけているんだよね」

「そうね、真剣にふざけるのが御曹司よ。この藤は飛香舎のではないでしょうから、いったいどちらの花か気になるところよね」

殿方から初めて花を贈られ、八重は戸惑っていた。今まで似た年頃の悪童たちがくれたのは、籠一杯の桑の実や熟した柿、釣った魚など食べられるものばかりだったからだ。

――私に花なんて、あの人やっぱり変わってる。

藤を見つめて考えあぐねている八重へ、小雪はあっさりと言ってのける。

「多分、都育ちの公達には、私たちみたいな野育ちの花が珍しいの」

とは言いつつも、小雪はまんざらでもない様子で、文を手箱にしまい込む。

「藤壺のお姉さま方に言ったら、羨ましがるでしょうね」

一日休んで次の当番となり、八重が藤壺へと赴くと、紫式部と呼ばれる女房が中宮と打ち解けていた。

「凜花の官ですね。私も多くの文であなたたちのことを知らされて、今日はぜひともお会いしたいと出仕しました」

その才気走った声に、八重はまたもや緊張した。式部の穏やかな声の端に、その実、人の裏面までのぞき見そうな鋭さを聞いたせいだ。

宮中きっての才女は、化粧では隠しきれない八重の陽灼けを、白粉越しに透かし見る。

「お故郷はどちら？」

「筑後から来ました……」

「まあ、遠くから。ひとりで長旅は寂しかったでしょう」

八重が兄と共に都へのぼったと伝えれば、式部は表情を緩める。

「心強い味方と一緒に来たのですね」

「兄は今、左近衛府で働いています。時々会えるので、思ったほど寂しくなくて」

「強い子ね……その強さがあれば、武官も充分に務まるでしょう」

八重の検分が終わったらしい式部は、薄い冊子をすっと差し出した。『桐壺（きりつぼ）』の表題がつけられている。

「これが宮中で人気の、例の物語ですか？」

「……面映（おもは）ゆいおっしゃりようですこと。拙作を、あなたがお読みになりたいと聞きましたので」

「下さるのですか」

「いいえ、お貸しするだけです。私の手書きですから」

「そんな価値のあるものを、ありがとうございます」

紫式部はとりとめのない会話をしながら、八重たちをじっくりと観察し続ける。その深い洞察が物語を書く原動力となる。小雪が万事につけしっかりしているのに引き比べ、八重は底抜けに明るい分、深みに欠けていると式部は見抜いた。

「八重、たくさんの書物をお読みなさい。多くの人と触れあって、人生を豊かにしなさい」

「はいっ」

「中宮さまのお部屋には、主上だけでなく、多くの公達が出入りします。その方たちときちんと会話ができるようにね」

式部の言葉に、八重は小さくなった。

「それが一番大変です。和歌はたくさんあるし、漢詩は難しいし」

「一度に何もかも覚えるのは難しいですが、ありがたいことに、私の書く物語を多くの方が読んでくれます。皆様との会話のとっかかりになれば嬉しいですね」

紫式部の勧めに従い、出仕が終わると八重は館で『桐壺』を貪り読んだ。

華麗な文体で描き出される宮中の様子は、後宮を少し見ただけの八重でも、具体性を帯びて感じられる。女房たちの衣擦れの音が、頁の間から聞こえてくるようだ。

「小雪！　光の君は帝の子なのに、母君が早くに亡くなってしまったんだ！」

「それは悲しい話ね」

「政治が乱れる元になると言われて、親王から臣下へ降ろされてしまうなんて可哀想！」

実際に廷臣へ降下する親王も少なくはない。母方の実家が弱かったり、親王が多すぎて継承問題がこじれそうな時に降下が行われる。宮中の事情を知る者にとって、紫式部が描き出す宮中絵巻は絵空事ではなかった。

「早く読み終わって、私に貸してよ」

小雪は、八重より先に読みたかったと不満げだ。

「話を先に全部説明しないでね。読む楽しみが半分になってしまうから」

緑風と狭霧も待ちかねて、ついには頬を寄せて強引にのぞき込む。

「早く読み終わって！」


八重たちの平和な夜が明けて、後宮では異変が発覚した。中宮彰子の女房が承香殿の裏で遺体となって見つかったのだ。すでに行方知れずとなった先の女たちとも違う者で、首を細紐で絞められての死だった。

「なぜ、私に仕える者に、こんなむごい仕打ちが」

震える中宮を多くの女房が慰め、共に泣いている。

「凜花の官たちは、いったい何をしていたのです」

昨夜の宿直は左京の組で、夜の見回りでは異常はなかったと、悔しげに平伏していた。

八重らが『桐壺』を奪い合って読んでいた夜に惨劇が発生し、凜花の官は出仕してすぐに面目を失った。

花房が陣頭指揮をとり、調査が始まった。絞殺に使用されたのは伊賀紐だった。

狭霧は、伊賀名産の紐が殺人の道具に用いられたと、怒りに震えている。

「こんなむごい使い方など、あってはいけない」

今まで三月の間、事件は起こらず一見沈静化していたのに、突然の殺人事件だった。

中宮の女房の遺体が、右大臣の娘・元子が棲まう承香殿の裏手から発見された点も問題視された。事件との関連も、当然のことながら疑われている。

調査にあたる花房は、頭を抱えていた。

「なんのために罪もない女房を殺すか。痴情のもつれか、中宮さまに対する悪意か」

八重はぞっとした。凜花の官が後宮へ入れられたのは、決して酔狂ではなかったのだ。

「昨夜、左京の組は不審な者は見かけなかったのだね」

「はい……申し訳ありません」

「ではそれ以前に、不審な者を見かけたことは？」

八重と小雪は、無言のまま視線を絡める。

「すみません、初めての宿直の夜、藤原章広さまが藤壺の庭へ入り込んでいるのを見かけましたが、つい報告が……」

「章広さまが、いかがした」

「ただ、藤の木の下に立っていました」

報告を怠った八重に、花房は厳しい声を出した。

「夜中に後宮へ忍んでくるのは、大抵が女房との逢瀬だが、あなたたちはそれを見逃していたのか。なにゆえに」

章広が藤に溶け込み花を愛でている姿に、悪意を感じられなかったせいだった。

「章広さまのお人柄は知っているが、先入観は禁物だ。肝に銘じておきなさい」

花房の言葉に、八重は平伏した。

人死にが出たため、藤の宴は取りやめとなった。傷心の中宮を慰めようと、一条帝は飛香舎を訪れる一方で、当分の間、遺体の捨てられた承香殿には近寄れなくなった。死の穢(けが)れが濃厚だからだ。承香殿の女御・元子にとっては、帝を近寄らせないために他の后の一派が仕掛けた妨害工作としか思えず、歯がみしているだろうことは明白だった。

帝に従う章広は、むせび泣く女房たちに同調しまいと、必死に涙をこらえている。それを見るだに、八重には章広が悪人とは思えない。

視線に気づいた章広は、八重を簀子(すのこ)まで呼び出すと、素直に頭を下げた。

「私のせいで、花房殿から叱(しか)られたのでしょう。藤の花に酔って迷惑をかけてしまった」

「いえ、それよりも……」

今回の殺人事件で、八重は想像以上に衝撃を受けていた。

厳しい特訓漬けの三月だったが、内心は宮中に上がれると浮かれていた部分もある。それが一夜で一変し、自分の職務の重さと怖さに、心底から気づいたのだった。

「なぜ剣術の稽古(けいこ)をするのかさえ、本当はわかっていなかったんです」

「そうだね、単なる試合の剣術と、人を斬るための剣は質が違う」

「人を斬る……そんなこと、できるでしょうか、私に」

「大切な者を護るためと思えば、勇気が湧いて、できるのではないかな」

そう言って、遠くの空を見つめる。

「人の死はもう見たくない。あの女房どのも、私に所縁の者も……」

章広は声もなく涙を流した。人前で大仰に泣いて存在を訴える貴族も多い中、ひっそりと泣く章広の慎ましさが八重には好ましく、彼が亡き許嫁を悼むために、一年間、寺に籠もっていたことを思い出した。

なぜだろう、急に八重の胸にチクリと針の刺さる感触が走った。爽やかに笑い、声も立てずに泣く、この御曹司の心を一年間鈍色に染めた女性の存在が、ひどく気にかかる。

「章広さま、許嫁のお方のこと、本当にお好きだったのですね」

唐突な問いかけだと知りながら、八重は訊かずにいられなかった。殺された女房よりも章広の亡き許嫁に気を取られる心が、不思議でならない。

——私、何言ってるのだろう。

慌てて打ち消そうとする八重に、涙を拭った章広は、淡雪みたいな笑みを返す。

「親が決めた、文を数回交わしただけの間柄でも、縁あって婚礼の約束まで取り結んだ方です。儚くなったと聞いて、知らぬふりはできなかった」

彼は浮気な恋を楽しむ貴族ではない、と八重は直感する。

「再び出仕をする直前に、いたずら心で、あなたたちの館へ忍び込んだ。捕まったその時、実は本当に愉快だったのです。生きている実感を取り戻したというか」

「そうだったのですか」

「あなたに捕まった時に、もう笑ってもいいのだと気づきました……哀しんでばかりいては、亡くなった者もまた哀しむだろうと。私が笑いを取り戻したように、今度は中宮様をお慰めせねばならないね。力を貸してくれるかい？」

「はい、こんなドジな私でよければ」

八重は、なんとしても咎人を見つけ出し、後宮に笑い声を取り戻そうと誓った。


事件の調査は一向に進展せず、咎人の手がかりすら摑めないまま日々が過ぎたが、中宮の房には大勢の客が訪れ、芸術談義に花を咲かせていた。

「いかがです、この扇」

紗に藤を描いた蝙蝠扇を取り出し、中宮や女房に見せる若い公卿がいた。章広の兄にあたる上卿・典広、通称は「三位の君」である。

爽やかな笑顔の章広と異なり、やや翳りのある端整な顔立ちの典広だが、中宮を取り巻く公達の中でも洒脱さでは群を抜き、沈みがちな一同を笑わせたり感動させたりしていた。

「いつもながら三位の君のご趣味のよさには、頭が下がります」

女房たちは場を盛り上げようと、無理をしてでも笑おうとする。

座に控える凜花の官に対しても、この上卿は限りなく好意的だった。

「あなた方が来てくれただけで、中宮様は心強いと思うよ」

宿直の者のうちふたりは、中宮の御帳台のそばに侍して寝ずの番をする。男の武官には許されない距離の近さが、中宮の恐れと不安を和らげていた。

「それに誰もが、剣はかなり遣うと聞いた。一度、お手合わせ願いたいものだ」

「三位の君さまは、武人ではなくとも、たいそうな腕と評判ですのよ」

この品のよい上卿が遣い手だと聞かされて、八重は驚いた。

「おかしいかな。私の一番好きなものは、実は狩りでね」

人は見かけによらぬもので、「弟の章広も狩りは得意だ」と教えてくれた。

――あの方が、狩りを好まれるなんて……。

優しげな顔をしていても、貴族の趣味はきちんと押さえていたようだ。

「ところで八重とやら、式部の物語はどうだったかな」

「とても面白くて、お借りした冊子は仲間で奪い合いになりました」

「そうであろう。私も次の作品はまだかと催促しているのだ、なあ、式部」

傍らの紫式部に三位の君が水を向けると、才女は静かに応える。

「ただ今、新しい帖の構想を練っておりますれば、しばしお待ちを」

「焦らすものだ、心憎い。まるで恋の手練れか」

ほほと中宮が声をあげて笑った。

「私も式部をせかしていますわ」

「八重も式部に負けじと精進して、『古今集』のすべてを暗記するくらいになってほしいとは思いませんか、中宮様」

「まあ素晴らしい。そうしたら私の女房として仕えてくれますか?」

「それには百年かかってしまいます!」

「これはまた悠長な」

三位の君は愉快そうに八重を眺める。

「八重、歌を覚えるよき方法を教えてあげよう」

「掌に書いて覚えるといい、と小雪に教わりましたが」

「もっとよき方法は、頻繁に誰かと歌を贈り合うことだ。よければ私とでも」

からかわれているとわかっていても、八重の頰は赤くなる。

「滅相もありません、三位の君さまと私とでは、とても釣り合いがとれません」

すると、焼き餅を焼いた女房たちが、一斉に抗議する。

「八重ばかりいじって」

「私こそお歌を頂戴したいものですわ」

恋多きと評判の女房は、完全に本気で言っている。

「それでは相聞歌になってしまう。あなたのもとへ通う男と揉めるのは勘弁してほしいな」

一同は、また一斉に笑う。誰もが事件を忘れようと華やぎを演じ続けている。

「八重、私がいやならば、章広と贈り合うのはどうか」

「章広さまですか」

瞬間、八重の頬に紅葉が散り、女房たちが見とがめる。

「章広さまなら私めが」

「八重ばかり贔屓なさって、三位の君さまは、ひどいお方です」

「いや、教え甲斐があるので、つい」

三位の君は畳紙を取り出すと、さらさらと一首書きつけた。

『風吹けば　峰にわかるる　白雲の　絶えてつれなき　君が心か』

壬生忠岑の恋歌である。

「歌の贈り合いを断られてしまった哀しみを、八重へ伝えておこう」

「また三位の君さまは、八重ばかり甘やかす」

「したたかなあなたたちには、歯が立たないのでね、八重くらいあどけない方が、私には似合いなのだよ」

歌を渡され、八重は返答に困る。女房たちの白い目も気になった。

「私などが頂戴してよいのでしょうか」

「そなただからだ」

そう言われては、八重は返す言葉がない。

夜も更けてきたので、中宮の就寝の時間となった。

「今宵の御寝(ぎょしん)の番は、八重と小雪でございます」

「それはありがたいこと」

彰子は、八重の欲のなさをいたく気に入っている。洗練された女房に囲まれていると、かえって純朴さが引き立って見えるのだろうか。

客人に暇(いとま)を告げ、彰子は御帳台へと移った。女房たちが女主人を夜着に着替えさせる。

凛花の官が設けられたのは、后たちの寝所や入浴の場が警備できるという理由による。

中宮の小柄な肌身を見守ることに慣れた八重は、その身が彰子ひとりのものではないと思うだに切なくなる。主上の御子を宿すことを第一義に後宮へ入れられた中宮は、まだ責務を果たしていないと目され、主上の寵愛(ちょうあい)を奪い合う政争のただ中に置かれ、いらぬ恐怖にさらされていた。

「八重はすっかり三位の君に気に入られたようですね」

元来おとなしく穏やかな彰子は、洒脱なやり取りが得意でないため、宮廷きっての風流人が誰かをからかう様を、見物に徹して楽しむのが常だった。

そして、床に就いた彰子は子守歌がわりに話を聞きたがる。たまの里帰りと寺社の参詣(さんけい)以外は内裏から出られない彰子にとって、遠い地の話は珍しい〝物語〟なのだった。

「八重と小雪の、故郷の話を聞かせてください」

「筑後は、都より陽が強いため、男も女も陽に灼けています。だから私も色が黒くて、化粧が上手(うま)くのりません。都へ来たら、色の白い人が多くて驚きました」

「大丈夫、都で暮らしていれば、すぐに色白になりますよ」

館の奥で暮らす彰子は陽灼けに縁がない。深窓の姫君とは〝黄金の籠の鳥〟として生きることを意味する。八重の話を聞きながら、中宮はゆっくり眠りに落ちた。

その夜は何の異常もなく過ぎた。

館へ戻る道すがら、小雪はちょっとした不満を漏らす。

「三位の君からひとりだけ歌をもらうなんてずるい、八重ってば」

「それは、あの方が勝手に……」

「八重は、何も知らないふりして、結構やり手なのかもね」

「そんなことないってば」

ふたりのやり取りに、緑風はニヤニヤする。

「妬くな、妬くな。小雪は、もっと大物狙いではないか」

「そうね、三位の君なんて目ではないし。昨夜は主上のお渡りがなくて、残念」

「そういう下心を持っていると、誰かに勘づかれて警戒されるぞ」

「下心ではなくて夢よ。女子に生まれたからには、最高の方と一緒になって、ときめきたいと思ってどこが悪いの。そういう緑風こそどうなの。三位の君の件は」

「理想の貴公子だとは思うが……」

それきり緑風は言葉を濁してしまった。その話を、狭霧は興味なさげに聞いている。

「どうしたの、狭霧？」

「三位の君よりも女房殺しの件を心配しないと。何の調べも進んでいない」

凜花の官は警備担当なので、調査能力を期待されてもいない。もとより都へのぼって間もない娘たちに調査を任せるはずもなく、花房らと数人の蔵人が調べに駆り出されていた。

「私たちも協力できればいいのに」

「当然だ、伊賀の紐を使うなんて、私は絶対に許さない」

狭霧は静かに怒りを滾らせていた。伊賀の誇りの品を凶器に使われ、下手をしたら伊賀者の犯行と目され、政治的意図があると取られるかもしれないのだ。

「咎人を見つけるのが先だ、八重」

「そうだよね。このままじゃ殺された人が気の毒すぎる」

だが、部屋へ戻ると、八重は三位の君からもらった歌を繰り返し見つめて、ぼうっとしてしまう。意味のないからかいとわかってはいても、鮮やかな筆致から目が離せない。

そして藤の花に添えられた章広からの文を取り出すと、見比べてはまたため息をつく。

爽やかで繊細な章広と、遊び慣れて艶めかしい三位の君に歌を贈られただけで舞いあがるなんて愚かだと言い聞かせても、つい読み返してしまう。

――どうして歌なんか贈るの？　見るだけで、息が苦しくなる。

貴族たちにとって、歌は日常的な遊びであり、挨拶ばかりか恋の駆け引きも歌が取り持つ。が、八重にはその曖昧な線引きを楽しむ余裕などなかった。

「なんだ、八重は恋煩いか」

緑風がからりと訊ねる。

「とんでもない。ただ、あんな方たちから文や歌を贈られるなんて、信じられなくて」

「文や歌なら、私だって初日から、幾つかもらっているよ」

「ええっ⁉　初日に？」

長身で元服前の美少年に見える緑風は、多くの女官から文をもらっていた。

「あちこちの女房と仲よくして損はないから、文を交わしているが」

「そうなの？」

「誰と誰が喧嘩したとか、誰が出世して誰が失脚しそうだなんて話は、女官たちのほうが詳しいんだ。特に私たちの出入りを嫌う后のところの女房の情報は必須かな」

承香殿に棲まう女御・元子と、弘徽殿に暮らす一条帝の別の女御は犬猿の仲で、女房から女童に至るまで、小競り合いを続けている。

「藤壺の女房が殺されて、承香殿裏に捨てられたら、弘徽殿の女御一派の仕業と考えられてもおかしくない。少なくとも元子さまの女房たちは、そう噂している」

そして漁夫の利を得るのが、もうひとりの女御である。

左右内の三大臣の娘が入内し、残る女御も亡き関白の遺児とくれば、後宮は帝の愛を奪い合う場ではなく、后の男性親族が覇権を懸ける権力闘争の場と化す。

「そんな後宮で四人のお后さまたちを護っていくには、どこの女房とも仲よくして情報を取るのが一番だ。八重も、文のやり取りは頻繁にした方がいい」

そう語る緑風は、血の気が多そうに見えても冷静だった。

「それに、他の楽しみが待っているかもしれないし」

意味深に笑って、緑風は歌の勉強を再開した。

「何人にも返事をしなければいけないから、結構忙しいよ」

そして、また事件は起きた。

　ある夜、藤壺の北の簀子に犬の死骸が投げ込まれたのだ。あばら骨の浮いた痩せ犬は小さく、夜陰に紛れて運ぶのも容易に見えた。

「ひどい、なんという浅ましき所業！」

「どうして藤壺ばかりが、このような目に……」

　女房たちが悔し泣きし、凜花の官にはまた白い目が向けられた。彼女たちが最後の見回りをしたあとに、どこからともなく放り込まれていたのだ。巡回していたのは、またもや左京の組だった。

「重ね重ね申し訳ございません。藤壺には特に気を遣っていたのですが」

　色がなくなるまで唇を嚙み、花房に平伏する左京を見るにつけ、八重はあるいは自分の当番の日に起きていたかも、と他人事ではない。

「花房さま、左京ひとりを責めないでください」

「そう、左京ひとりが責めを負う問題ではない。負うのは私だから、安心しなさい」

　事件の現場では、すでに犬の死骸は運び去られ、藤壺の下女たちが泣きながら簀子を洗い清めている。

「あなたたち、今まで巡回していた時に、何か気づいたことは」

「……ありません」

「内部の犯行か？　あるいは……」

藤壺の西側を囲む塀に、名もなき通用門がある。閂をかけてあるため安心して、普段は衛士も立っていないが、門と藤壺の北側は至近距離だ。

「外から侵入したのならば、この門の可能性が高い。入ってすぐの簀子へ、小さい犬を放り込むのは容易だ。門を開けて、手引きした者がいるのかもしれない」

その日から通用門の内と外に、衛士を置くようになった。

日が落ちると、激しい風と共に横なぐりの雨が降り始めた。

夜の巡回で八重が藤壺の北の簀子を通れば、逆巻く雨の中、兄の誉と朋輩の茂蔵が、微動だにせず通用門の前に立っている。

「兄者！」

「おっ、八重じゃないか。大変だったな」

「兄者こそ、雨の中、ご苦労さまです」

「お前だってびしょ濡れだ」

茂蔵は八重の姿を認めると、びしりと胸を張った。

「我は、宮中を護るためなら、雨などものともしませんっ」

「凄いね。それでこそ武官だ」

「八重どのも、お気をつけて御忠勤くださいっ」

「はい、互いに」

兄妹が互いの身を気遣いつつ離れると、小雪が小さく袖を引っ張った。

「健気だね」

「あれでこそ武官。兄者とお友達は偉いよ」

「違うってば。鈍感……」

「ん？」

「それよりも不審者がいないか、きちんと見張ろう」

飛香舎の南の簀子に差し掛かると、丸めた掌に入れた何かを大切そうに扱う者がいる。

「ああ……よしよし。怖くはない。こんなところでフラフラしていたら危ないよ」

その声は、聞き間違えようがない。ひとりで何を喋っているのか。

「章広さま！」

「あ、八重どのと小雪どのか。この雨の中、お役目大変だね」

「いえ、忌まわしい事件が起きたのですから」

「そうだね、北廂から女房を避難させたせいで、他の廂はまだあたふたしているよ。おまけに私が通りかかったら、この子が……」

章広が開いた掌で、白ネズミが震えていた。

「朝靄！」

「知り合いなのかい」

「今のところ、私のネズミです。控えの間に置いておいたのに」

「ああ、それは猫のせい」

北廂を穢されたと、他の廂へ分散した女房たちの騒動で、藤壺で飼われていた猫たちまでが混乱し、凜花の控えの間に隠しておいた朝靄を見つけて追い回したようだ。

賢い白ネズミは、雨の中ならば猫は追いかけてこないと、濡れそぼったまま八重が来るのを待った。そこへ通りかかったのが章広で、無事に保護されたという顚末だった。

「白いネズミだから、神様のお使いだと思った。八重どのが通りかからなかったら、あやうく連れて帰るところでね」

安堵の笑みを浮かべた章広が、はいと朝靄を八重へと手渡した時に、かすかにふたりの指が触れあった。八重は雷に撃たれたようにびくりとする。

「よかったね、八重どのとはぐれなくて」

「あ、ありがとうございます。朝靄に何かあったら、狭霧に申し訳が立たなくて」

「礼には及ばないけれど、このまま藤壺へ置くと、また猫に追いかけられるかも……」

「それは……」

不安になった八重の手を、章広はあっさりと握った。

「私がひと晩、我が館で預かりましょう」

「章広さまが？」

「明日の朝、宿直があけたら取りにおいでください」

しなやかながらも有無を言わせぬ口調で、彼は八重の手から白ネズミを取り返す。

「きちんと護るから、安心して後宮の警護を。明日の朝、おいで。約束だよ」

白ネズミを胸元へしまい込んだ貴公子は、護るように胸に手を当てて、夜の雨の中をするすると歩み去っていく。

「……朝靄を取られちゃった」

呆然（ぼうぜん）とする八重を、小雪は肘（ひじ）でつついた。

「ああいうことがさらりとできてしまうから、女房のお姉さまたちも熱を上げるのね」

「……ありがたいけれど、やっぱり変わってない？」

「好意はありがたく受け取って、仕事に戻ろう、八重。昨夜（ゆうべ）何かがあったのだから、今夜だってあるかもしれない」

章広と朝靄の一件で、職務を忘れかけるところだった八重は、雨の闇（やみ）を松明（たいまつ）で照らしながら、異常はないかと目をこらす。そして、こらしながらも、ためらいもせずに触れてきた章広の手の感触を忘れられずにいた。

——柔らかくて、滑らかで絹みたいだった。……あれが上流の貴族の手なんだ。そんなお方が私のために、濡れた朝靄を胸へ入れて。

朝を迎える前に激しい雨はやみ、宿直の警護は終わった。早朝からの勤務の組と八重たちは交代し、帰途についた。宮中の官人は、夜明けから午後までの勤務と午後から早朝まで宿直する二交代制で働いている。

宿直あけの眠い目で見れば、雨が落ちた空はすっきりと赤く焼け、こんな日はよいことが起きそうな気がした。朝を待ち望む鳥たちの囀り（さえずり）も賑（にぎ）やかだ。

帰る道すがら、白ネズミの朝靄をひと晩、章広に預かってもらった経緯を聞いた狭霧は顔をしかめた。

「信じられない。それでは朝靄を預けた意味がない」

「宿直があけたら取りに来いって、持っていかれて」

「あんた、章広さまに甘すぎるんだって」

「だって、濡れた朝靄を保護してくれて」

「保護したついでに、攫（さら）われてる。きちんと取り返してきてよ」

飼い主の狭霧は不機嫌を隠さずさっさと館へ向かい、一部始終を見ていた小雪も緑風の袖を摑んで、つっけんどんだ。

「私たちも眠いから帰る。八重ひとりで行ってね」

「ついてきてくれないの？」

「子供じゃないでしょ。一人前の武官なら、ひとりで行動してください」

「おい、小雪。大丈夫なのか」

「馬鹿ね、気をきかせてるの」

袖を強引に引っ張られ、緑風も館へ帰っていった。

「薄情もの……」

ひとり残された八重は、三条坊門小路にある章広の館へ向かうが、どうにも気まずい。

館の門を叩けば、快く内へ入れてくれた門衛の親切に、かえって気が滅入ってしまう。

「あなた、凜花のお人だろう。若様から話は聞いてるよ。さ、どうぞこちらへ」

車寄せでは、牛車に従う随身や車副たちが、慌ただしい様子で動き回っていた。

——まさか、この賑わいは。

「ほお、これは噂に名高い凜花の官ではないか」

八重はぎくりと固まった。これから出仕する三位の君と出くわしてしまったのだ。

「わざわざ訪ねてくれるとは嬉しい限り。返しの歌でも届けに来てくれたのか」

「違います……」

「では章広か。今は取り込み中だが、それでもよければ」

——取り込み中って、恋人とお会いになって……？

軽く落胆した八重の心を読み、三位の君は薄い唇の端を心持ち歪ませた。

「昨夜からおかしいのだ。朝まで一睡もせずにネズミと語り合っていてね」

「ネズミと⁉」

「寂しさのあまり、ネズミに恋をしたのではないかと、心配でならないのだよ」

預かった朝靄を、無事に返そうと寝ずの番をしてくれたのだ。八重の胸の奥がぽっとあたたかくなる。

「それは私のネズミです、訳あって預かっていただいて」

「ほお？　これはとんだ無粋な勘違いをした。早く東の母屋へ」

「はいっ、ありがとうございます」

思わず摺り足を忘れて、屈託なく廊下を駆けていく。

「あの様子では、寝ずの夜語りはまだ先であろうな……」

三位の君の呟きは、八重の耳には届かなかった。

母屋では、章広が白ネズミを飽かぬ様子で撫でていた。目を細めて何やら唄っている。

片手で膝を打って拍子を取りつつ唄う節回しは、どこか懐かしい匂いがした。

「八重どの、この白ネズミに催馬楽を聞かせていたところです。もっと唄えと頼まれて、断りきれずに今まで」

「それで眠らずに？」

「大切な預かりものをもてなすに、何を惜しみましょう」

宮中で風流と評される人々は、とことん浮き世離れしているが、この章広も同様で宮廷生活の垢を八重は一切感じ取れない。清しい笑顔だけが心を攫う。

「どうやら唄がわかるようで、私も唄い甲斐がありました」

「章広さま、先ほどの唄は何でしょうか。私、故郷の山並みが見える気がしました」

「それは、催馬楽だからでしょう。各地に伝わる唄へ、宮中の楽人が手を加えた、なじみやすい曲です。だからネズミもなごんだのかな」

　朝靄は、満足げに首を縦に振っている。

「……八重どの、このネズミは人の言葉がわかるのですか？」

「はい、狭霧がそのように仕込んだと言っていました」

「では、普通のネズミとして扱ってはいけませんね。これからは中納言と呼びましょう」

「ちゅ、中納言？」

　ネズミに従三位の官職をつけられて面食らう八重へ、章広は絵巻を紐解くに似た夢見る目つきをした。

「主上のもとには、かつて『命婦のおとど』と呼ばれた猫がいたそうです。乳母までつけられて、それは大切にされていました」

「猫が五位以上ですか？」

「五位の猫がいるのならば、従三位のネズミがいてもかまわないと思いませんか」

　朝靄は章広の腕を這い上ると、肩の上ではしゃぎ回る。

「こら、中納言さま！　そんなに走られては、くすぐったい」

宿直あけの疲れを忘れた八重は、章広と朝靄がじゃれる姿をずっと眺めていたかった。

皐月の五日。端午節会は、菖蒲と蓬の薬玉を軒先に飾るため宮中は大わらわとなる。

この軒の飾りは厄祓いのみならず、蒸れ始めた風に苦みを含んだ涼しさを与えて、邪気と暑気を切ってくれる。

夏に欠かせない風物が後宮の軒を彩る頃、もうひとつの熱気が内裏を満たし始めた。

「競馬」の開催が迫っている。馬場にはすでに多くの公卿や官人がひしめき合い、親王たちや三人の后もすでに観覧の座に着いて、主上と中宮の訪れを待っていた。

この競馬は、宮中で行われる夏の催しの中では最大の娯楽であり、かつ神事も兼ねる。五穀豊穣を占うため、左方右方の二組に分かれた馬が十番勝負を競う神聖なものだった。乗尻と呼ばれる騎手は左右衛府の武官と、官馬の調教育成を受け持つ馬寮の精鋭ぞろいだ。男たちは誰が一番の乗り手かと口角泡を飛ばし、女房らは美しい益荒男を見物できるとあって、化粧はいつもより濃い。

「宮さまが馬場へ向かう刻限なれば、八重の組、来や」

藤壺の女房の声に、八重たちは背筋を伸ばした。

「では、牡丹。しばしよい子にしているのですよ」

中宮彰子は、膝の上に乗っていた愛猫を女房へ預け、猫は専用の円座に丸まった。競馬は神事にあたるため、猫を連れてはいけない。

中宮一行は馬場へと向かった。八重と緑風が彰子を挟んで共に歩む。

八重は、競馬の晴れがましい場で警護をする誇らしさに、目が潤む。

——父者と母者にも見せたかった。私は今、中宮さまの真横を護っているんだよ。

故郷の人々が見たら腰を抜かすだろう。野山を駆けまわり、木刀を振るっていた男勝りの八重が、白粉を刷き紅をさし、綺羅の武官姿で中宮の傍らを歩む姿は、狐狸の類いに化かされたとしか思えないに違いない。

——この方たちを、命かけて護るために、私はここにいる……！

中宮が御簾のうちに着くと、八重は広い馬場をくまなく見回した。

馬好きの左大臣・道長が、隣席の右大臣に馬談義をふっかけている。上卿以上に興奮しているのは、座を与えられず、向かいの埒に鈴なりに立っている四位以下の公家である。

彼らは密かに賭けているらしく、「何番目は左が勝つ」「いや右だ」とかまびすしい。

女房たちも騎手の品定めに余念がない。この競馬に出場する精鋭の武官を恋人にできたら、さぞかし鼻が高かろうとはしゃいだ声を扇で隠す。

「やはり一番の勝負の乗り手が、極めての上手」

「今回は、左衛門府と右兵衛府の対決ですって」

「見逃すわけには……」

「まいりませんわぁ」

六衛府の武官や馬寮の官人も、自らの部署が出した乗り手こそ随一と、勝負の前から鼻息も荒い。

――競馬が始まったら、ここはどんなになるのだろうか。

この興奮状態の馬場で、中宮ら后を護れるのかと八重は不安になった。同じ憂慮は緑風にも生じたようで、普段の飄々とした表情は微塵もない。

「無理な頑張りをしようとしてはいけないね。十番勝負が始まったら誰もが冷静ではいられない。だからできるだけの護りを精一杯やる。いいね」

花房は、長身の緑風を中宮の背後へぴたりとつくように立たせた。いざ、暗殺者が背後から襲いかかってきた場合は、盾となるようにだ。そして八重を中宮の左脇へと配す。

「八重、片目片耳は馬場、もう片方は他全部。この満座の馬場で、襲いかかってくる命知らずもいないと思うが」

かく言う花房は、八重と緑風の背後に立つ。

緊張した空気に、中宮は花房を振り仰いだ。

「花房……兄さま……」

中宮の立場を離れ、従妹の彰子として花房を案じる声だった。

「中宮さま、五穀豊穣を占う競馬、憂いなきお心でご高覧ください」

「はい、兄さま」

ここまでは花房も優雅で有能な上司として護衛官の手本を見せていたが、いざ競馬の一番勝負が始まろうとすると、刀の柄を指の節が真っ白になるほどの力で握り始めた。無類の馬好きとあっては無理からぬ話で、沸き立つ心を鎮めるのに必死なのだ。

「花房さま、大丈夫ですか」

「八重、余計な気を回すな。たかが馬、所詮馬、そのようなものに気は散らさない」

つい八重と緑風の頬が緩む。中宮彰子も笑いをこぼした。

「それでは花房兄さま、私の隣で競馬の解説をしてくださいな」

「そ、それはっ」

「中宮の命です」

「はっ、喜んで」

任務の顔から単なる馬好きと化した花房の袖をとらえ、彰子も安心して甘えかかる。

「一番試合はどちらが勝ちそうなのですか」

「馬体だけ見れば右方です。一気に先行して逃げ切れば。左方の乗尻もわかっていますから、出だしで馬をぶつけてきますよ。いいですか——さあ、出たっ！」

馬の出走と同時に、花房は身を乗り出して双方の馬を応援する。

左方の騎手が右方へと馬体を寄せ、まっすぐに走れないよう、執拗に妨害を仕掛ける。

「上手いっ」

「兄さまの言った通り！　どちらも頑張って！」

立場を忘れ、いとこ同士に戻った彰子と花房は、御簾の奥で歓声をあげている。

名馬たちの勇壮な闘いもさることながら、一個人に還った彰子と花房の姿に、八重は胸が熱くなった。庭で軍鶏を闘わせていた自分や兄と、何が違うというのだろう。中宮の玉座や蔵人の緋色の装束に目を眩まされて、彼らの本当の姿が見えていなかったと気づき、八重はほのぼのとした想いに満たされた。

――お優しい中宮さまと、少年のままの心をお持ちの花房さま……。おふたりがいつも笑っている姿を見ていたい。

八重はこの時、大切な者を護るという言葉を、実感として捉えたのだった。

競馬が盛況のうちに終了し、中宮彰子はすっかりくつろいで藤壺へ戻ってきた。

「花房兄さまは、打毬ができるほど馬が得意なのよ、八重」

「だから、どの馬が勝つか、先にわかるのですね」

「たまたま勘が当たっただけだ。今年は左方の勝ちで吉とは縁起がいいね」

「たまたまで、十番全部の勝ち馬を当てられませんことよ、兄さま」

馬場の熱気にさらされて、中宮彰子の表情は輝いている。

——中宮さまのこんな嬉しげなお顔、初めて見る。

つられて八重も、笑顔にならずにいられない。

「花房さま、私もあんなふうに馬に乗れるようになりたいです」

「大きく出たね、八重。では非番の日に土御門へ来るように。伯父上の馬以外ならば、どれでも乗れるように、手配しておこう」

「ありがとうございます、花房さま」

彰子を取り巻いていた暗い影はすっかり吹き飛んだはずだったが、飛香舎へ帰りくれば蒼白になった女房たちが殿中をうろつき回っていた。

女房のひとりが震える声で報告する。

「牡丹が……牡丹さんが姿を消したのでございます」

中宮一行を取り巻いていた浮かれた空気は瞬時に霧散した。

競馬へ赴く際に彰子が曹司へ置いていった愛猫の牡丹は、紐つきで飼われているため好き勝手には動き回れない。専用の円座に置かれた後は、安心して眠っていたという。

その姿に気を許し、藤壺に残っていた女房たちは、大騒ぎの馬場をこっそりのぞきに行ってしまった。そして戻ってきた時には、なぜか牡丹が姿を消していた。

「目を離した私たちが悪いのでございます」

よよと泣く女房の肩越しに、小雪と狭霧が頭を垂れた。

「私たちも見回っていたのに、不覚でした」

小雪はできる限り見張れるように、狭霧とは別々に巡回していたと説明する。

「どの殿舎も大半は出払って静かなものでした。藤壺以外の女房たちも同様に競馬をのぞき見に行っていたと思われます」

「人目がない分、自由に動き回れたというわけか」

忸怩たる思いに駆られてか、狭霧はうつむいたまま声も発しない。

中宮へ付き随っていた女房が、はっと突かれたように面をあげた。

「まさか牡丹さんも、かの人と同じくむごい目に遭ったりはしませんでしょうか」

中宮彰子の白い面は、完全に色を失った。

「ならぬ、もうこれ以上、むごい目には誰も遭ってはならぬ」

泣き崩れる中宮を女房たちが支えて、御帳台へと消えた。

競馬で占う吉凶は吉と出たが、藤壺には暗雲が垂れこめ、花房の白皙は険しい。

「女房を殺め、犬の死骸まで放り込む奴儕だ。猫一匹、どのような目に遭わせるか」

「あの、花房さま……」

口数の少ない狭霧が、敢えて花房へ進言した。

「もしかしたら、猫がひっかいて紐がほどけたのかもしれません」

「……確かに。事件とばかり考えるのは焦りすぎか」

「皆で手分けして捜しましょう。自分で逃げたのならば、物陰に隠れていることも」

ネズミさえ仕込む狭霧は、動物の習性をよく知っている。花房は凜花の官たちに干し魚を持たせると、後宮中を散策させた。女房たちもまた、好物の酥の切れ端を皿に載せて、切ない声をかけて回る。

「牡丹～、牡丹さん、どこにいるの～」

「どこに隠れておいでか、牡丹さん～」

寝殿の床下をのぞき込みながら、凜花の官たちも声を嗄らす。今日こそ白ネズミの朝靄を連れてくればよかったと八重は後悔した。

――朝靄ならば、どんな隙間でも入っていって、すぐに見つけてくれるだろうに。

七殿五舎が立ち並ぶ後宮の敷地で猫を捜すのは、大海で一粒の真珠を見つけるに等しい。藤壺の猫がいなくなったと聞いて、よその后の女房たちは薄笑いを浮かべている。

――なんて意地悪いんだ、宮中の人って。中宮さまがお困りなのを喜ぶなんて！

美しく飾られた飛香舎で多くにかしずかれていても、真に心許せる者は少ないからこそ中宮は従妹として花房に甘え、猫に慰めを求めるのだ。それを思うと八重の胸は詰まる。

「牡丹、鯛の干物だよ～、美味しいから出ておいで～」

陽も西に傾き、捜し回る者すべての喉が嗄れる頃、歓声があがった。

「見つかりました！」

狭霧が殿舎の奥深くで牡丹を見つけたと聞き、凜花の官と女房たちは藤壺へと戻る。

「おお、無事に見つかったのですね」

中宮は愛猫を抱こうとしたが、狭霧は猫を控えの曹司に入れたまま出そうとしない。

「狭霧、どうしました？　牡丹をこれへ、早(はよ)う」

「その……」

手柄を立てたにしては、狭霧の顔色は冴(さ)えない。花房が問いただす。

「どうした、全身の毛を刈られていたか。墨でいたずら書きでもされていたか」

「もっと……」

悪い何かを察した花房の目つきは鋭く変わる。

「凜花の官だけ参れ」

控えの曹司に留め置かれた猫を見た途端、花房も八重たちも言葉を失った。

「何と……」

牡丹の首には麻縄が巻かれ、その縄には一枚の札が膠(にかわ)で貼(は)りつけられていた。三辺を焼いた三角形の紙に赤い「呪(じゅ)」の文字。まごうことなき呪符(じゅふ)だった。

「ひいいっ、忌まわしや！」

牡丹を気に懸け、曹司を盗み見た女房が悲鳴をあげた。

花房たちが止めるより早く、女房は母屋の中宮へ注進に走った。

「牡丹さんに、呪符が貼られておりますっ」

「なぜにそのような目に……」

女房たちはおののき、愛猫が呪詛に用いられたと知った中宮彰子は気を失った。


花房に率いられ、猫を抱いた狭霧と八重は、陰陽師・賀茂光栄の館を訪れた。

陰陽師は都の貴族にとって生活全般の吉凶を見定め、厄を祓ってくれるかけがえのない隣人だが、野育ちの八重たちにはなじみの薄い存在だった。

「花房さま、陰陽師って法体とどう違うのですか?」

「似ているようでも、まるで違うよ、狭霧。法体は仏の教えという哲学に則し、陰陽道は天文の法則から生活の規律を割り出す実学かな」

「実学?」

「そう。灌漑工事をいつ始めるかとか、どちらの方角が鬼神で塞がっているからどこへ方違えしようとか、いつ髪を洗おうとか、暮らしに役立つことを真面目に占ってる」

「わあ、陰陽道って便利なんですねえ」

八重が無邪気に感心すれば、花房も否定はしない。事実、陰陽師の最大の仕事は、陰陽道に則した一年分の暦を作り、貴族連中に配布することなのだ。更に天文の動きを読んで気象予報をし、干魃や冷害が予想される年には宮中も事前の対応策を練り始める。

「八重の言う通り、陰陽師は便利な技術官で、法体や神官とは役目が違う。便利すぎて本業以外のことまでする者がいないわけでもないけれどね」

「……俺のこと言ってる？」

よく通る声と共に大柄な男が室内へ入ってくるなり、薄暗い明かりがパッと輝いた気がして、八重は大きな目を瞠った。

――お天道さまみたいにあったかい人が来た！

八重は彼をまじまじと見つめ、狭霧は眩しげに横を向いた。

「君たちが、花房の秘蔵っ子だね。さだめし君が八重さんで、そちらが狭霧さんだ」

「なぜわかるんですか！」

「君たち十二人全員の卦を立てて、四人ひと組をどう組もうか決めたのは俺だよ」

――凄い！　これが都を裏から操る陰陽師！

尊敬の眼差しの八重に、大柄な陰陽師は気のいいむく犬そっくりの表情で笑いかける。

「そんな大したものじゃないよ。俺は単に宮中の仕事をコセコセとこなす官人だから」

「この賀茂武春は、私の幼なじみで、最も信頼する〝友〟なんだ。さて、今日やってきたのは、もうひとつの仕事のほうだけど、中宮さまの猫がね……」

花房が言い終わる前に、武春という陰陽師は狭霧が抱えていた猫を大きな手で抱き取った。猫は呪符を隠すように衣で覆われ、諦めきった表情で陰陽師の腕に身を預けた。

「誰かに攫われたらしく、呪符を貼られて見つかったんだ」

「穏やかじゃないね」

陰陽師は、厳重に巻かれた衣をほどいていく。

「この猫の名前は?」

「牡丹」

「しきたり通りか、さすが後宮」

「………?」

武春の呟きに八重が小首を傾げると、花房がすっと言い添えた。

「梅に鶯、雁に月、鹿は紅葉か萩、獅子には牡丹。基本の取り合わせです」

獅子を描く際には牡丹の花が取り合わせの約束ごとがあり、小さい獅子と見なされる猫に牡丹と名づけるのは至極まっとうであった。

「さあ、牡丹。この鬱陶しいものを今、取ってあげるからね」

猫の首に巻かれていた麻縄を、陰陽師は小刀で難なく切ると、ぽいと床に投げ捨てた。

「武春、呪符をそんなにぞんざいに扱っていいのか!」

慌てる花房に、武春はさらりと言った。

「だって呪がかかってない。呪符を作れど魂込めずだ。子供のいたずらと大差ない」

「え……？」

武春はゴロゴロと喉を鳴らし始めた猫を、狭霧へ返した。牡丹は、狭霧の袖へ顔を埋めて眠ろうとしている。

「猫は人の念に敏感なんだ。中宮様の猫は、怖い思いをしていない。いやな目にも遭っていない。呪詛に満ちた人間に攫われたら、こんなに伸び伸びしてはいないね」

「でも、呪符が貼られていたんだよ、武春」

「そこだよ、花房。この呪符は、きちんと手順を踏んで作られていると思う。でも使う人間に問題があったんだ、それもよい問題が」

牡丹は、狭霧の袖の脇へ更に頭を突っ込むと、すやすやと寝息を立て始めた。

武春は捨てた呪符を再び手に取ると、指先で「呪」の字をなぞった。

「どうやらこれを使った人物は、上書きしてしまったね」

「上書きって？」

「呪詛というのは、恨みや呪いの一念を尖らせないと成り立たない。よくない意味で集中力が必要なんだよ。ところが、この呪符を貼った人間は、いざという時にまるで違う想いに引きずられて……別の〝じゅ〟の字に書き換えてしまった」

　安らかに寝入った猫を、武春はそっと撫でた。

「この猫が呪い手の裡から引っ張り出した別の〝じゅ〟の字は〝寿〟だ。呪符の上にその気が残ってる。猫の愛らしさの前に、呪い手は恨み辛みを貫けずに挫けたんだよ」

「どうして猫を攫ったんですか。誰かを呪うのならば、別のやり方だって……」

八重は、中宮の名を敢えて口にしなかった。言えばそれだけで呪いが確かなものになってしまいそうな気がしたからだ。

陰陽師は、言葉を選びながら呪詛のからくりを教え始めた。

「八重さんの言う通り、人を呪う場合は相手を特定できるように、その人の住み処に呪符や厭物を仕掛けたり、あるいは名前を書き込んだ人形を用いる。呪符の形は四角」

八重は、牡丹につけられていた三角形の呪符に、特別な意味があるとなんとなく察し始めた。日向の匂いがする陰陽師は、呪符の三辺をなぞって確かめた。

「この三角は鏃を意味する。つまり呪いがあちこちへ飛んで広まるように意図されているから、さるお方だけを狙ってはいない」

「どういうことですか？」

「これを仕掛けた人物は、折を見て猫を藤壺に返すつもりだったに違いない。呪符を貼った猫がうろつき回れば、藤壺中に呪いが拡散する」

「こわっ」

八重の背を寒気が駆け抜けた。

「そうだね、本当は怖いことになるところを、この呪い主は図らずも呪符を寿符に書き換えて、幸福を撒き散らしかけた。呪い手としては失格だけど、嬉しい失敗だね」

蛇の抜け殻を放って寄越すように、武春は八重へ寿符つきの麻縄をぽんと投げてきた。

「幸運の御守りになるよ」

うっかり受け取り、八重は投げ捨てるわけにもいかずに、こわごわと床に置いた。

「呪の字が怖いです」

「ははは、目に見えるところだけね。世の中には、目に見えない怖いものが溢れているんだ。こういう逆しまも、たまにはいいんじゃないかな」

「ならば、伯父上への土産にするかな」

花房はアッケラカンとしたものだ。

「そうだね、道長様には護符がいくらあっても足りないだろう。藤壺の一連の騒動の狙いは、中宮様ではなくて道長様へのいやがらせだろうから」

「……左大臣さまへのいやがらせって？」

「それは──」

八重の疑問から始まった、花房の語る左大臣・道長の歴史は、苛烈の一言に尽きた。

政争に明け暮れる道長は、闘ううちに敵を容赦なく潰す手腕を鍛えたが、決して望んで得た冷徹さではなく、生き延びるためにはそれしか道がなかったとも言えた。

「実のお兄さんに、蔑ろにされたりしたのですか」

「年若の甥に地位を追い越されて、悔し泣きをされた時もあった。それからかな、伯父上が変わられたのは。甥を焚きつける者どもに呪われ、多くの貴族に嫉まれ、何度も命を落としかけて、伯父上は強く怖い方にならざるをえなかった」

八重は彰子の猫がいなくなった時、他の后づきの女官が含み笑いしたのを思い出す。

――あれはまだ序の口だったんだ。左大臣さまはもっとひどいやり方で呪われて……。

競馬の場での道長は、自信に満ちていた。だが、夥しい妬みと憎しみにさらされながら、笑顔を崩さずにいるとは、どれほどの苦労を堪え忍んでいるのだろう。

「左大臣さまは、単に威張って贅沢しているわけではないのですね」

「確かに伯父上は、傍から見ればそうだろうね。でも執務室を見れば、驚くようなものがあるよ。山間の灌漑の工法を考えるよう工人をせっついて、図面を描かせてる」

「山間の灌漑工事？」

眠る猫を撫でていた狭霧が、はっとするほど大きな声を出した。

「すみません。驚いて、つい……」

「意外でしょう。伯父上は、灌漑工事を進めて、民の皆が米を食べられる国を作りたいと願ってらっしゃるんだ」

「皆が米を……」

狭霧はそれきり、また黙りこくってしまった。

「どうしたの、いつも以上に静かだね？」

「ん……なんだか驚くことばかりで」

「疲れたよね、牡丹の捜索で。特に狭霧は、お手柄だった」

「…………」

八重と狭霧は、騒動の主役だった猫があまりにも幸せそうに寝入る姿に、呪符が転じて寿符となった不思議を見て取った。


ようやく館へと帰った八重は、朝靄に絡みつかれ、くすぐったさに首をすくめる。

「そんなにはしゃがないでよ、中宮さまの猫はもっと静かだったよ」

いつも以上に上機嫌な白ネズミを眺め、狭霧はぼそりと呟く。

「あの陰陽師の家で、八重が明るい〝気〟をもらったせいだ。それが朝靄にうつってる」

日だまりみたいな笑顔の陰陽師は、呪符を貼られた猫を安らがせ、温かな陽の〝気〟で八重たちの不安も消し去り、凜花の官の無事を祈って送りだしてくれた。

「狭霧、陰陽師って怖いのかと思っていたら、まるで違ったね」

「いや、怖いよ。人の〝気〟を読むんだから。人間業じゃない」

小雪と緑風は、陰陽師なる人物に興味津々だ。

「不思議な術は見せてもらえたの？」

「全然。だけど、話を聞いてるだけで幸せな気分になってきて……」

「格好いい人？」

「優しそうな人だったよ。花房さまの幼なじみだって」

狭霧が人差し指をかすかに動かすと、朝靄はすぐさま本来の飼い主の肩へよじ登った。

「単なる幼なじみじゃない。花房さまとあの人、デキてる」

「えっ、嘘(うそ)！　そんなことあるわけない。男同士じゃない！」

八重は頭の上へ巨岩を落とされた気がした。

「いや、あれは番(つが)いだ。ひと目見てわかった」

「狭霧……花房さまを動物みたいに言わないでよ」

苦い顔をする八重に、動じない小雪が軽く息を吐く。

「八重は世間知らずよね。男同士は、割とよくある話」

「ええっ、そうなの？」

「花房さまは、口説きもしないで男女問わず落とすって評判なの、知らないの？　きっと大勢いらっしゃるお相手のひとりね」

「小雪～、花房さまはそんな不潔な方じゃない！」

真っ赤になって怒る八重を緑風がなだめにかかる。

「相手問わずではないだろう。きっと、真剣なんだよ。だっていくらでも相手を選べるのに、陰陽師ってところが泣かせるじゃない」

緑風は無責任に話を転がしながら、妙にひとりで納得している。

「だからなのかなあ、花房さまが他の男と、まるで違う匂いがしたのは」

「は、花房さまは、男同士でそんなことしないよっ」

大きなむく犬を彷彿とさせる優しい目の陰陽師と、あの花房が身を寄せ合っている図を想像するだけで、八重の頰はかーっと熱くなる。

「八ぁ重ぇ～」

お手上げだと言わんばかりの声を、緑風はあげた。

「恋は男と女の専売特許じゃない。男同士、女同士もあるって、そろそろ覚えておきな」

「今日は疲れたから、もう寝るっ」

衾を頭からかぶったものの、八重はなかなか寝つけそうになかった。

初めて人前で中宮の警護に立ち、競馬を一緒に観戦して熱狂し、いなくなった猫を捜し回ったあとは、陰陽師なる者と対面して、おまけにそれが花房の恋の相手だという。

――なんて一日だろう。〝初めて〟が多すぎて、頭がぱんぱん……。

今日の出来事を故郷の両親に書き送っても、法螺話と思われるに違いない。

――嘘みたいな本当が溢れているのが都だ。あの花房さまが男同士で恋をするなんて。

花房が宮中でどれほどモテてもかまわないが、誰かひとりのものだと思った途端、無性に悔しくなる。

——花房さまはみんなのものだ。中宮さまや左大臣さまの大事な方で、私たち凜花の官の憧れの人で……。

猫を腕に抱き、寿符のついた麻縄を振り回す花房が、馬にひと鞭入れて駆け去る。

——花房さま、待ってください！

八重は必死に追いかけるが、花房は振り返りもしない。

——私はここです。八重はここにいます、花房さまーっ！

自らの声で八重は目を覚ます。気がつけば、小雪たち三人が心配顔で見下ろしていた。

「八重、大丈夫？」

「うなされていたぞ。おまけに花房さまの名前を叫ぶし」

「朝靄を貸してやるから、もう一回寝な」

ひどい夢だった。睫毛にたまった雫を拭うと、八重はもう一度衾をかぶった。朝靄が頬に鼻先を寄せてくる。ネズミなりに案じているのだ。

「大丈夫だよ、朝靄……」

夜が明ければ、また新たな慌ただしさに追われる一日が始まる。

八重たちが藤壺に到着すると、控えの曹司では宿直の左京組と花房が、声をひそめて何やら深刻に話し合っている最中だった。

　陰陽師の館から中宮の愛猫を返しにきた花房は、そのまま飛香舎での宿直になだれ込んだようで、一睡もしていない面は蒼白い。

「式部の曹司からは、筆が一本なくなっているか」

「はい。左大臣さまがあつらえたもので、軸に藤の蒔絵が入った逸品とのこと」

「他の女房の被害は？」

「櫛が見当たらぬと言う者、手鏡が消えたと言う者がございます」

「紅と筆をなくした者も、先ほど名乗りをあげました」

　昨夜の快闊さはどこへやら、花房は明眸を曇らせると、煮出した茶をすすってこめかみを押さえた。茶は嗜好品ではなく眠気覚ましの薬湯として飲まれるもので、花房が「蔵人に休みなし」と揶揄される通りに、切れ目なく働いていることが八重は心配になった。

「まいったね、どうも。今度は凶事変じて吉となすとはいかないかも……」

　茶のお代わりを所望した花房は、怪訝な表情の八重たちへ疲れた笑みを投げかけた。

「何があったのでございます？」

「盗難だ。女房たちは軒並みやられているようだが、言い出せなかったらしい」

　閉ざされた殿舎の中での盗難事件は、誰かが騒げば大事になる。また、大抵の者は自分の不手際で紛失したものが、いつかは出てくるとたかを括っていた節もある。

身の回り品が見つからなくとも、女房たちは騒がず優雅に取り繕っていたため、小さな盗難は表沙汰にならずにきた。しかし、中宮の愛猫の失踪と呪符を仕込まれた事件の流れから、女房のひとりが「そういえば……」と口火を切り、盗難事件が発覚したのだ。

「盗まれた品は、香壺と飾り紐、扇に紅と筆、櫛に鏡に銀の毛抜、硯に上質の墨。式部に至っては、物語を書く筆まで持っていかれていたよ」

宇治茶の香りを楽しむ気すらなく、花房は被害をあげていく。

「四十人ちかい女房のほぼ全員が、ひとつふたつと、身の回りの小物を盗まれている。これはたいそう怖い事態なんだよ、どういうことかわかるかい」

八重は盗人が藤壺へ出入りする治安の悪さを憂えたが、花房は別の推論を展開した。

「その人しか使わない身の回り品というのは、呪詛に使われる可能性がある。牡丹につけられた呪符と違って、今度は特定の個人を狙い定められるわけだ」

そう言われて、凜花の官たちは冷や水を浴びせられた面つきとなった。

「女房の方を狙って、呪詛するのですか」

「藤壺の女房が次々と不幸に見舞われれば、誰よりお辛いのは中宮さまだ。お気に病んで中宮さまが弱れば、結果として左大臣さまの立場も揺らぐ。それが咎人の狙いだろう。真に狙われているのは女房でも、中宮さまでもなく、左大臣さまだよ」

八重は、自分たちを諸国から見つけ出し、育ててくれた道長こそが危機に瀕している張本人と聞いて、俄然、闘志が湧いてきた。

「私、一日も早く事件を解決して、左大臣さまへ御恩を返します」

八重の言に花房は苦笑する。

「皮肉なものだね。事件が起きたから凜花の官を設け、私は素晴らしい部下を得た。すぐさま事件を片付けて、あなたたちを無用の長物として愛でていられたら、これほど楽なことはないのに」

朝の勤務組は盗難事件の調査を引き継ぐよう、花房に命じられた。

「その前に狭霧、中宮さまがお呼びだ。昨日、牡丹を見つけてくれた礼を改めて伝えたいとおっしゃっている」

「私に、礼を……？」

「何を遠慮する。さ、急ぎ伺候して」

どこか冴えぬ表情で母屋に向かう狭霧の背は前屈みだったが、八重は気づかずに女房たちの聞き取り調査に向かった。

「いつ、紅がなくなっているのに気づいたのですか」

「ほんの十日ほど前です。不注意でどこかに紛れたのかと思っていたのですが、化粧道具の箱に入れておいたのは確かで、どう考えても……」

盗まれたとしか考えられない、と女房は口にするのも憚りながら記憶を辿る。

「この藤壺に盗人が出入りしているなど、気持ちが悪くて」

「私だっていやです。でも、捕まえるためには詳しくお話ししてくださらないと」

「なぜ私の物が盗まれるのです？　次は私が狙われているのですか、八重」

「……わかりません」

　おいおいと泣き始めた女房を慰めていると、中宮へ挨拶に赴いた狭霧が、いっそう浮かぬ顔で曹司へ入ってきた。

　──あ、助けがきた。

　八重は仲間の到来にほっとしたものの、狭霧は素っ気なくよそへ向かおうとする。

「どこ行くの？」

「一回りしてくる。ひとりで調べた方が早い」

　凛花の官は基本的にふたりひと組で動くよう定められている。ところが、狭霧は八重と一緒にいるわずかな時すら厭う勢いで背を向けた。

「でも、被害に遭った方のお話を」

「八重がやって。私は私で、やることがある」

　それきり一刻、狭霧はひとりで殿中を歩き回っているのか姿を見せなかった。人と深く交わらない狭霧らしい振る舞いだったが、置いてけぼりの八重は寂しくなる。

　──狭霧から見たら、私は頼りないんだろうなあ。

それ以来、狭霧は仲間の誰とも必要最小限の会話も交わさなくなり、館へ帰ってもひとりで書物に没頭するようになった。

「何だアレは。狭霧まで左京を真似して、おひとりさまの道を歩み始めた」

緑風は女房たちからの文を読み散らしながら、同じ文面の返信を数通こしらえていた。

その隣で、小雪が頷く。

「八重の面倒を見切れないってのはわかるけど、私にまであの態度よ」

「小雪、どういう意味？」

「だって八重ってば、わからないことがあるとなぜなぜどうしてってうるさいんだもの。狭霧だって逃げたくなるでしょ。でも私まで避けるのはおかしいと思う」

「どうして？」

「ほら、また訊く。たまには自分で考えて」

八重は、数通の文を同時進行で書く緑風の手元をのぞいた。

「どうして何通も並べて書いてるの？」

「均等に書いた方が楽だから」

「なになに……」

何を書いているのかと目をこらせば、にわかに信じがたい文章が飛び込んできた。

「……庭の紫草の可憐な花を見るにつけ、あなたの白き小さき手の感触を思い出し……って、何書いてるの、緑風？　これ、まるで、こっこっ恋文」

思わずどもる八重を、緑風は真似てみせる。

「こっこっ恋文じゃなくて、単なるふっふっ文。御殿のお姉さま方は、お友達のしるしにてってっ手を握るのがすっすっ好きなようで」

「緑風、ふざけないで！」

「ふざけてないよ。好意をむげにしたらいけないから、感謝の気持ちはきちんと返す。そうしたら、なんとなく恋文みたいになってしまうんだな」

「お願いだから、花房さまに続いて緑風まで、同性がいいなんて言わないでよ」

「………………」

「今の沈黙なに？　なんでなんで？」

「人の詮索する暇あったら、『古今集』を覚えた覚えた。小雪、面倒見てやって」

小雪と緑風は狭霧がおのれの世界に閉じこもる様を見ても、大して気にもとめていない。緑風は女房たちへ文を書き連ね、小雪は『古今集』を読みながら鳳仙花で爪を磨く。

「ふたりともマメだね」

「八重も爪は磨いた方がいいわよ。女房のお姉さま方だけでなくて、上卿たちも手元はよく見てらっしゃるから」

誰より見せたいのは主上だろう、と言葉にはしなかったものの、中宮彰子を護りつつ、彼女の立場を揺るがす望みを抱く小雪のしたたかさに、八重は感心する。

そして、八重に劣らず宮中での暮らしには不似合いな狭霧の、閉じた頑(かたく)なさがどうにも気にかかって仕方がなかった。


「今朝も女御さまには、ご機嫌麗しゅう拝察いたします」

承香殿の元子と弘徽殿の義子(ぎし)、更に御匣殿(みくしげどの)の尊子(そんし)の三人の女御へ朝のご機嫌伺いに参じた八重たちは、けんもほろろに扱われて御簾前から辞した。

主上の声がかりで、どうにか三后に毎朝の挨拶だけは許してもらったが、殿舎へ自由に立ち入る権限は与えられず、建物外周の簀子を警邏(けいら)するのみだ。結局のところ、凜花の官は中宮づきの護衛に等しく、後宮全体からは煙たがられているのが実情だった。

「緑風さん、お素敵です」

各殿舎で女房から女童に至るまで、異様な人気を博しているのは緑風ひとりだ。女主人の目が光る場では、みな一様に素っ気ない態度を取る。かと思えば、物陰に入ると途端に春爛漫(はるらんまん)の色合いも濃厚に目をしばたたかせたり、もの言いたげな態度に変じるのだから、いかに鈍い八重でも心配になってくる。

「緑風、迫られたりしないの？　大丈夫？」

「私を押し倒せる女子がいるとも思えないが」

「……おっしゃる通り」

緑風がどれほど女性に好かれようが、小雪が主上を射落とさんと燃えようが、我関せずの態度で狭霧は、すたすたと飛香舎へ帰ろうとする。

「狭霧、待って。もうちょっと他のお后さまの殿舎を……」

「私は先に藤壺へ戻って、見回るから」

言うが早いか、狭霧はさっさと立ち去ってしまった。

「確かに女御がたのあの態度では、こちらもやる気が失せるけれども」

「ここで目を離しては、悪党の思うつぼだろう。道長さまと中宮さまを弱らせるだけでなく、後宮全体を分断する気かもしれないんだ。だからこそ私が、あちこちの女房と」

「……情報収集と言いつつ、恋文もどきを交わすのね、緑風」

小雪に呆れられ、長身の女武官はちらと照れて笑った。

「手を握らせるくらい安いものだと思っておくれよ。承香殿と弘徽殿の喧嘩のえげつなさを聞き出したんだ。こないだも、渡り廊下に腐りものの塵を投げ捨てて……」

女房たちから得た裏情報を緑風がひとくさり語ろうとするのを、八重は断ちきった。

「私、飛香舎に戻るよ。狭霧とふたり一緒に動いてこそ、見回る意味があるから」

何かを抱えているから、自分ひとりの世界に閉じこもっているのではないのか。そう思えば、傍にいないといけない気がして、八重は飛香舎へ足袋を滑らせた。

藤壺で狭霧の姿を捜していると、西の廂へ入っていく後ろ姿を遠くに見つけた。あたりを慎重に見回し、警戒を怠らぬ様子で曹司の内へと消えていく。

――あの目の配り方はさすがだね、狭霧。

狭霧の神経を逆なでしないよう、八重は足音を忍ばせた。

狭霧と小雪は、摺り足で歩む際、足音を立てず衣擦れだけが聞こえる。足袋の裏に羽でも生えているのかと思う静かな足さばきを、八重は真似てみた。

――今日は、小雪に負けないくらい上品に歩いてますよ……。

息をひそめて曹司をのぞけば、狭霧がひとり、鋭い眼差しで室内を検分している。

そして、鷺足の台に置かれた薬箱へ目をとめた。満開の藤の蒔絵と螺鈿で装飾された中宮彰子のものだ。薬箱を預かった女房は、このところ頭痛が著しい彰子のために典薬寮へ薬を取りに行ったものか居合わせず、狭霧は箱を開けると中を改め始めた。

薬壺や薬研を台の上にすべて並べると、中敷きの布まで取り除く。

――調べ方が徹底しているなあ。

薬箱を矯めつ眇めつした狭霧は、袍の襟を外すと、胸の内から小さな紙包みを取り出した。薄暗い室内にあっても、狭霧の全身を緊張が包んでいるとわかった。

……かさり。

紙包みを開くかすかな音が、八重の耳にやけに大きく響く。

――えっ、何？

包みを開いた狭霧の指先には、四角い小さな紙片が挟まれていた。

狭霧は、強ばる身体を無理やり進めて、紙片を持つ手を薬箱へと伸ばした。

「くっ……」

背後から見えぬ手で押さえられているかのように、狭霧の腕は宙空で止まった。

伸ばそうとする腕と、抱き留める見えざる手。薬箱の手前で四角い紙片は行き場をなくし、狭霧の指先で震えている。

――その紙は、まさか……。

奥歯をギリギリ噛みしめる狭霧の顔は、苦痛で引きつっていた。

「くっ……どうして……」

紙片を手の内へ落とすと、それを狭霧は握りしめた。

「どうして、ここまで来て……できないんだ」

狭霧は襟の奥を探った。祖父の作だと八重たちに見せた組み紐を取り出し、引きつる頬に押し当てる。その頬に涙が走った。

「どうしても、私には……できません……あの優しい方に、こんな真似は……」

八重は、朋輩が掌で握りつぶした紙片が呪符だと悟った。

――なぜ、狭霧がこんな真似……。

カッと頭の中が熱くなり、八重は何の考えもなく狭霧の前に飛び出すと、呪符を握る手に掴みかかった。

「あっ！」

咄嗟に狭霧は呪符を口に入れようとしたが、八重は必死でその手を押さえた。

「駄目っ、そんなもの呑んだら、死んじゃう！」

「八重、私……」

「駄目なんだからっ」

観念した狭霧は、ふっと膝から床に崩れた。それから声もなく泣きだす。

「……やらなくちゃいけない。そのために、内裏へやってきたのに……」

「狭霧、誰のためにこんな馬鹿なこと？」

「道長さえいなくなれば、伊賀の里は……」

あとは言葉にならず、ただ狭霧の苦しみだけが、八重にも伝わる。

「故郷のためにやろうとしたんだね。でも、一番駄目な方法だよ」

「わかってる。最初からわかってる……」

ここで声を立ててはいけない、と八重も嗚咽を呑み込むと、狭霧を抱きしめて泣いた。

「誰にも言わない。だから、二度とこんなこと考えないで」

「うん……」

互いの肩に涙を吸わせていると、鳴き声も高く、曹司へ白ネズミが飛び込んで来た。

「朝靄っ！」

「どうしてここへ」

館へ置いてきたはずの朝靄が、飛香舎の一室へ飛び込んできた不思議に、八重と狭霧の涙も止まった。

「ふたりとも無事だったか」

「……っ！」

朝靄を追いかけてきた花房が、曹司の口に立ちはだかっていた。

──花房さま！

八重は震える狭霧を袖のうちへ隠した。が、花房はたじろぎもせずに見つめてくる。

──神様、狭霧を助けるために、どうか私に嘘を教えてくださいっ！

朝靄が、狭霧の握りしめた手に絡みつく。

「チュチュッ」

花房はネズミが絡んで離れない狭霧の手を注視した。

──駄目っ、朝靄。花房さまに気づかれる。

「狭霧、その手に隠しているもの……」

抑揚のない声で、花房は狭霧に迫った。

——ああ、バレてしまう！

帝の信任あつい蔵人は、小刻みに震える凜花の官ふたりへ低い声で告げた。

「……ここで見つけた忌まわしきものを、こちらへ渡しなさい」

「えっ？」

「早く！　中納言があなたを助けるために駆けた苦労が無駄になる」

呆然とする狭霧の手から呪符をむしり取った花房は、すぐさま胸奥へしまい込むと、衣桁にかけてあった唐衣で狭霧を包み込んだ。

「……狭霧も八重も、お手柄だった」


花房は八重と狭霧を任には戻さず、陰陽師の館へと連れていった。

ことの真相を知りながら、狭霧と彼女を庇った八重を責めもせず、花房は紫蘇と柑子の香り湯をふたりに勧めた。

「ここの主人の陰陽師、光栄どのが煎じた紫蘇と柑子の湯は絶品でね。どうぞ、一口」

そのまま花房は、何もなかったふりをして、香り高い湯をすすっている。

八重は茶碗の底を所在なげに眺めた。怒りも責めもしない分、かえって怖かった。

——花房さまはどうして、あの場へ現れたのだろう。

うち沈んだ狭霧を白ネズミは懸命に慰め、そのいじらしさに花房は目を細めた。

「主上のもとで朝の会議をしていたところ、白いネズミが紛れ込んできてね、瑞兆だと皆が捕まえようとした。すると章広さまが八重と狭霧が飼っている中納言だ、と言いつのって、このネズミは会議の賓客となってしまった」

侍従の章広は、主上へ『人語を解すネズミでございます』と朝靄を紹介したという。

土御門邸にほど近い館から十町以上も離れた内裏へ、どのようにしてやってきたものかと皆が首を傾げていると、ネズミは突如、花房の袖を猛然と噛んで引っ張り始めた。

『何事か』

章広はこともなげに、朝靄の真意をくみ取った。

『催馬楽に合わせて踊るネズミなれば、ゆえあって清涼殿へ顔をのぞかせたのでは』

『まさか、八重や狭霧に何か？』

一条帝は白ネズミの現れに神意を感じ、朝靄の導くまま動くよう花房に命じた。

「そして、飛香舎であなたたちを見つけたのです。役に立たない呪符をもう一度仕込もうとした狭霧と、その愚を必死で隠す八重を」

「愚と申されますか……」

ぽつりと狭霧が漏らす声は、乾いていてもすすり泣きに聞こえた。

「中宮さまの猫の呪符を解いた時、陰陽師の武春は、あなたの仕業だとすぐに気づいてね。動物を愛し人を愛する者が、呪いきれずに呪詛を寿に変えてしまったのだと。狭霧に、人を呪う所業は無理ですよ」

「花房さま……」

「左大臣さま、いや道長の伯父上に、個人的な恨みでもあるのですか」

狭霧は自信なげに首を振る。

「伊賀の地は、田畑の上がりが少ない山地です。でも税は重く、みなが組み紐の内職をしてどうにかしのいでいます。こんな政を行う左大臣さまさえいなければ、もっとよい暮らしができるって、じいさまと親父さまが言うから私は……」

狭霧が突きつけた現実は、実入りの悪い耕作地を擁する「下国」につきものの悩みだった。あまりに大きな問題に、花房もため息を重ねてしまう。

「そんな土地だからこそ、開墾を進めようと伯父上は考えておられる」

「でも、開墾しただけ税で持っていかれたら同じです」

「同じではないよ、狭霧。開墾した分を荘園にできるよう、伯父上は考えている」

言葉の意味を図りかねる狭霧に、花房は優しく言った。

「つまり、伊賀の里の者が切り開いた田畑は、里のものとする法を徹底しようとしているのだよ。認可を簡略化して田畑をひらけば、皆が耕地を増やせて、暮らしもよくなる」

「そんなことを……左大臣さまが考えているのですか？」

「贅沢三昧して、馬を集めているだけの人ではないと言ったよね」

墾田の簡易認可は、収穫量の少ない「下国」から始めると言われ、狭霧は今度は嬉し涙を流した。雨の少ない伊賀の里は、冬の間も開墾が可能である。

「これで……亡きじいさまに申し訳が立つ」

「よかったね、狭霧。私も筑後のことを帝さまか左大臣さまに伝えるんだ」

故郷のために手柄を立てたいと願う八重と狭霧を、花房は穏やかに抱き寄せた。

「後宮の事件を早く解決して、故郷に錦を飾れるよう精進してください。狭霧と八重ならばできますよ。ね、中納言……」

人の心を読めるネズミは、赤い瞳をキラリと光らせた。


七殿五舎の挨拶回りが、凜花の官の毎朝の日課である。彼女たちを面白く思わない后と女官はすげない態度をとるが、花房が付き随えている今朝だけは態度が違った。

「花房、藤壺ばかり訪ねていないで、私のところへも遊びに来てくださいな」

右大臣家出身の元子は、凜花の官を毛嫌いしているくせに、左大臣閥の花房にだけは心を許し、やたらと甘える癖がある。その甘えを逆手に取り、花房は頼み事に来ていた。

「お願いですから、凜花の官の自由な立ち入りをお許しいただきたい」

「花房と一緒ならば許しましょう」

「はあ。必要な時は共に参れば、よろしいのですね」

「そのような者たちはいらぬがな」

八重たちは不愉快さをぐっと呑み込み、静かにこらえる。

ここまでが最大の譲歩の線だと踏んだ花房は、次の話題を切り出した。

「元子さまがお飼いの猫は、殿中では引き綱をつけていないようですね」

「だって可哀想なのですもの。綱をつけられて不自由なのは私ひとりでたくさん」

「……お気持ちはわかりますが、これからは引き綱をつけてお飼いくださいますよう」

「我が承香殿は、猫に呪符をつけられるどこかほど、ぬかってはおらぬ」

藤壺の牡丹の一件は、どのように隠しても各殿舎に知れ渡り、中宮を貶めたい向きには笑い話として伝わっていた。

「そのような不祥事を二度と起こさせぬためにも、猫には必ず引き綱をおつけください」

花房が長い睫毛をしばたたかせると、へそ曲がりな女御もあっさり折れる。

「そなたが言うのならば、そのようにしよう」

「すべての殿舎にお願いしておりますからには、どうかご寛恕ください」

女御・元子にどうにか得心させて、藤壺の控えの曹司へ戻る途中、八重は我知らず膨らんだ頬を隠しきれずにいた。

――あの女御さまは、どうにも好きになれない。花房さまにベタベタして。

八重の不快は同じ組の三人にも伝わり、四人揃っての仏頂面だった。

「あなたたち、いったいどうしたというのです」

花房に訊かれて、八重は横を向いた。

「……なんでもありません」

「なんでもない顔ではありませんね」

藤壺の曹司へ入ると、八重は声を落として不満を口にした。

「あの方は、花房さまにベタベタしすぎです。帝がいらっしゃるというのに」

小雪と狭霧も口には出さなくとも気持ちは同じと、仏頂面を崩さない。

「元子さまを責めるな。今まで色々とおありで、一概にお幸せとは言えない方なのだ」

一度は懐妊したと誇らしげに里へ下がったものの、腹から大量の水しか出ない謎の流産事件を経験し、その後は里に籠もりがちの女御であった。父親の右大臣ら親族の出世のために後宮へ戻ったものの、中宮彰子の権勢は揺るがしがたく、肩身の狭い思いでいる。

「いくら寂しいからって、武春さんがいる花房さまになれなれしすぎます」

「へっ？」

言ってはならぬことを口走ったと八重は自らの口を塞いだが、あとの祭りだった。

小雪と狭霧は知らん顔でそっぽを向き、緑風は天を仰ぐ。

どうにも聞き流せない発言が出た、と花房は苦笑した。

「バレているのならば仕方がない。気がついたのは八重ではないだろう、狭霧か」

「はい」

「公にする話ではないが、お見立ての通りです」

「どうしてです、花房さま。あの陰陽師の方は、とっても優しそうでした。でも……」

自慢の上司たる花房には、宮中の誰もが羨むほどの恋をしてもらいたいと八重は願ってしまう。身勝手な希望だとわかっているのにである。

「八重は、まだ本気で人を好きになったことがないのだね。恋に理想を求めるのは、知らない者の特権だ」

恋の話を掘り起こす花房が、妙にくすぐったそうな表情を浮かべたので、八重の心臓はドキリと止まりそうになる。

「本気で人を好きになると、どんな無茶や無理をしても一緒にいたいと思う。その人と共に過ごせるのならば、世間を騙す大嘘だって平気でつけるようになる」

「花房さまが、大嘘を?」

「……ついているかもしれない。そんな恋を、あなたたちにはしてほしくはないけれど」

しみいる花房の声に、八重は喉元まで出かかった言葉をグッと呑み込む。

——花房さまがお優しかったのは、人に言えない哀しみを背負っているからなんだ。

いつか自分も、いかなる無理も辞さないほど激しく誰かを恋い慕い、胸の痛みを優しさに変える日が来るのだろうか、と八重は不安になる。恋がフワフワした幸せなものだという漠然とした予感は、ある日、思いもかけない出会いで打ち砕かれてしまうのか。

まだ見えぬ未来を想像し肩を落とした八重とは対照的に、緑風はきりりと頭を上げた。

「花房さま、本当に好きな人のためには、どんな無茶でもするのが本物の恋ですか」

「しなければならない時は、考える前にしでかしてしまうから不思議だね」

「……そうですか」

緑風は口元に薄く笑みを浮かべると、それきり黙り込んだ。

しばらくの沈黙の後、花房は畳紙(たとうがみ)に歌を一首書きつけた。

『いとせめて　恋しきときは　むばたまの　夜の衣(ころも)を　返してぞ着る』

恋しさがつのっていかんともしがたい時は、衣を裏返して眠れば夢の中で会えるはずと、恋の切なさを詠んだ小野小町(おののこまち)の歌だ。

「この歌の意味が身に染みてわかったのは、彼と結ばれた後だった。それまでは上っ面しか理解できなかった。……今日は、恋の話でもして時間を潰そうか」

朝の挨拶を済ませたあとは、後宮の警護にも出ずに、控えの曹司で他愛もない話をしようと花房はくだけた態度になった。

「すべての猫は縛り付けたし、ここで何もしないのが、今日の仕事。他の組の八人は、中宮さまのお部屋で伽(とぎ)に精を出しているから、それなりに大変だろうけれども」

凜花の宮の八人を中宮の母屋へ送り込んで話し相手とし、残る四人は控えの間で暇つぶしをすると嘯く花房は、今日の警備を一切投げた様子だった。

「見回りはどうなさるのですか」

「藤壺に全員詰めているのだから、大したことは起きない。そうではないか、狭霧」

呪符の件を胸におさめて、花房は宮中の恋話を次々と披露した。

浮気な女房の館でふたりの上卿が鉢合わせし、衣を奪われたひとりが女房の唐衣をまとって帰宅した笑い話。貴公子たちの恋のさや当てに身の置き所をなくして出家した姫君の哀しみ。次々と恋を渡り歩き、そのたび烈しい恋の歌をものする才女の華麗な遍歴。

「……やっぱり宮中って凄いなあ」

「式部の物語ではないけれども、きちんと〝物語〟として成立しない限り、恋を人に語るべきではないと思う」

八重は、花房なりの美学が己語りを阻んでいるのだと思えば、かえって隠している部分が気になった。小雪もじっと花房を透かす目つきで見つめている。

「花房さまって、今まで会ったどんな殿方にもない雰囲気ですよね」

「褒め言葉と受け取っておくよ」

意味深な眼差しを流した花房は、急に指を小さく動かすと、皆に黙るように指示した。

「狭霧……」

「はい、間違いなく朝靄です」

あるかなきかのかそけき音が、こちらへ一直線に向かってくる。

小さなネズミが全力疾走する時を、花房と狭霧だけはずっと待って無駄話を続けていたようで、ふたりの表情はにわかに引き締まった。花房は無言で顎をしゃくり、狭霧を曹司の外へ出す。すると狭霧は音もなく、どこかへ走り去った。

「花房さま、今のは？」

「釣りに行ったんだよ、八重。何がかかってるのか、楽しみだね」

「はあ……」

腑に落ちない八重は、ほどなく戻ってきた狭霧に捉えられた朋輩を見つけ、口をパクパクさせた。下総出身の楓という娘だった。ややがさつだが気立てがよく、明るいお節介焼きとして皆に好かれていた凜花の官のひとりだ。

「今度は、何を」

「この匂い袋を、女房の手箱から取るところを押さえました」

紫苑色の羅に銀糸の刺繍が入った夏仕様の匂い袋は、飾り紐の組み方まで洗練され、八重も思わず手に取りたくなる代物だ。楓が都あつらえの装身具を目にして、魔が差した結果、盗みを繰り返したと誰が語るまでもない。

「あまりにきれいで……そんなものが、ここにはいっぱいありすぎて……」

都からの下りものが稀な地で素朴に育った娘が、飛香舎の贅沢品に目が眩んだ末の盗みだと知り、花房は少し警戒を解いた。

「つまり、誰かに頼まれて盗ったのではなく、自分が欲しくて盗んだのか」

「…………」

「楓、盗ったものはどこにある？」

花房に問われて、楓はガタガタと震え始めた。

「持ち主に返せば、罪も軽くなる。だから、包み隠さず言いなさい」

「申し訳ありませんっ、全部妹へ送りました！」

号泣する楓が語るには、姉が内裏勤めとの評判をとり、妹は下総一の長者の息子との縁談が決まった。妹に都あつらえの品を持たせてやりたいと願った楓は、女房たちの身の回り品をひとつ盗り、ふたつかすめを繰り返し、下総へ送ってしまったのだった。

「花房さま、私はどんな罰を受けてもかまいません。ただ、故郷には知らせないでください。こんなことが知れたら、妹は破談になってしまいます」

楓に泣きつかれ、花房の眉間には深い皺が入った。

「……中宮さまには、到底お聞かせできない話だね。とにかく楓は、館で謹慎。八重と狭霧で見張ってください。私は土御門で左府さまと相談してくる」

一刻あまりの時が過ぎた。楓を監視する八重と狭霧は、妹思いの楓に同情していた。

「まさか朝靄を使って探った挙げ句に、楓が捕まるとは思わなかった」

「私が馬鹿だったんだ……」

花房の指示で、中宮のいる母屋へ詰められた凜花の八人は、女房たちの歌合わせを眺めながら、警邏ができないと苛ついていた。ことに職務熱心な左京は、母屋以外の場所が気になって仕方がない。その気持ちを汲んだふりをし、偵察すると言って母屋を抜け出た楓は、女房の部屋を物色する最中に白ネズミに見つかり、お縄となった。

「楓の気持ちが私にもわかるよ。御殿には、きれいなものがあちこち転がってる」

飾りっ気のない八重でさえ、殿中に無造作に置かれている美しい品々へ、すうっと吸い寄せられる刹那がある。誰が間違いを犯しても、八重には責めきれない。

「私、故郷へ送り返されるよね」

「きっとね。でも、花房さまが何とか取り繕ってくれるよ」

「妹の結婚を壊すことなったら、どうやって詫びれば……」

これ以上落ち込みようのない楓の頰に、白ネズミが頭をこすりつけて慰める。盗みの現場を見つけてしまってすまないと言わんばかりに。

「朝靄、見逃してあげてもよかったのに」

するとと朝靄が、頭をピクリと上げた。

ネズミはいち早く勘を働かせると、花房を出迎えた。

「おや中納言。お前も、人の言葉がわかると気苦労が多いだろうね」

道長に盗難事件のあらましを説明してきた花房は、いつになく気負い込んだ風である。

「楓！　今すぐ……」

——ああ、やっぱり送り返されるんだ。

うつむく楓の代わりに八重が大きくため息をつくと、花房は笑みをはじけさせた。

「……妹さんへ文を書いて、送ったものをこちらへ返してもらいなさい。代わりに左大臣さまが、新しい輿入れ道具の一式を送るとおっしゃってる」

「どういうことですか？」

「どうもこうも、楓を罪に問われないようにするには、妹さんの婚礼を空前絶後の恋物語にするしかなくてね。数百年もの間、争ってきたふたつの家の娘と息子が命がけの恋をして、因縁を乗り越えてついに結ばれる、という話をしてきた」

「それはどこの話ですか？」

楓は現実とかけ離れた物語を聞いて、あんぐりと口を開けている。

「実は伯父上は感激屋なんだ。だから、楓が妹さんの結婚を応援するあまり、輿入れ道具を揃えようと盗んでしまった、と語ったら、ツボにはまってしまってね……」

八重も狭霧も開いた口が塞がらなかった。

「話、どれだけ盛ったんですか？」

「あははは、楓を罪に問うて帰国させるくらいなら、伯父上を感動の涙で溺れさせるくらい屁でもないよ。私も宮廷貴族の端くれだからね」

部下を救うために大法螺も辞さない花房の鮮やかな手腕に、楓と八重は号泣した。

「花房さま、これからは心を入れ替えて、一生懸命働きます！」

「私も楓に負けないように頑張ります！」

涙でぐしゃぐしゃになったふたりを、花房はしっかりと抱き留める。

「美しい物に心騒ぐのは、人として当たり前だ。欲しいのならば、当然の褒美としていただけるように勤めに励みなさい。美しい物を持つにふさわしい強さと華麗さを備えてこそ凜花の官だと思って今日まできたのだけど、わかるかな」

「はいっ。花房さま～、あんた、いい人だ～！」

八重は、左大臣をもかつぐ上司の胸に飛び込むと、緋色の袍へ涙をこすりつけた。

「本当に八重はよく泣くね。それも他人のために」

「だって、花房さまが泣かすんだもの」

立場を忘れておんおんと泣く八重の頭を、花房は優しく撫でて言った。

「やれやれ、伯父上の次はあなたまで土砂降りですか。凜花の官は、いつ何時でもスカッと明るくいてほしいものです」

第三帖　花一匁

　女房の失踪や殺害、猫の呪符に相次ぐ盗難と、事件が続く藤壺は不安に揺れたままだ。猫に呪符をつけられた件と盗難に関しては、花房が適当な作り話で中宮たちの不安を鎮めたが、根本的には何も解決していない。女房が失踪し、あるいは殺された恐怖はひとたびこぼした墨のように消えもせず、藤壺で暮らす人々に染みついていた。

　宮中では水無月の晦日に大祓を行い、半年間の罪と穢れを祓って、年の後半の無事を祈る。不吉な事件に見舞われた飛香舎でも神職を招いて祓いの儀式を行ったが、殿舎の空気は重いままだった。

「この藤壺には、少し灯りが足りないかと思いましてね」

　気持ちの塞ぐ中宮を慰めようと、頻繁に藤壺を訪れる三位の君は、蛍を閉じ込めた灯籠を幾つも持ち込んで軒下に飾らせた。蒼白い光が点滅する灯籠にひかれ、池の蛍も藤壺の御殿へと集まってくる。群れ飛ぶ光に、沈んでいた心も遊び始める。

「まあ、今宵は蛍が賑やかですこと」

「ほんに三位の君は、粋を心得ていらっしゃる」

女房たちは口々に、彼の持ち込んだ蛍灯籠を褒めるが、その実、蛍は亡くなった者の魂がこの世へ帰ってきたものと思えば涙で蒼い光も滲む。

「今年も夏を共に過ごそうと、ここへ戻ってきてくれたのかしら」

いなくなった女房たちを偲ぶ中宮彰子の呟きが漏れると、こらえきれないすすり泣きが女たちの間に広がっていく。

「中宮様がたの涙で、今宵の空には天の川がもう一本かかってしまいそうですね」

「どうして泣かずにいられましょう。本当ならば一緒に蛍を愛でているはずでしたのに」

夏の暑さに加えて心労で食も細った彰子は、何かの拍子にぽきりと折れて、寝ついてしまいそうな風情である。

――中宮さま、お可哀想に。

宿直役の八重の気遣わしげな態度に、三位の君が扇を打ち振った。

「元気が取り柄の八重まで沈んで、いかがしよう。さあ、庭から蛍を連れてきてはくれまいか。中宮様を明るく照らすように」

庭へ降りた八重は、扇を使って蛍を御殿へと追っていく。風に煽られ、蛍は御殿を目指し、光が増していく。

「私も加勢しよう」

八重に続いて庭に降り立った三位の君は、蛍を扇で掬うように御殿へ流していく。その立ち居振る舞いの滑らかさに目を奪われて、蛍を煽ぐ八重の手が止まった。

——蒼い光が映えて、なんて妖しい……。

扇を持つ手がお留守になった八重の、もう片方の手に、三位の君がするりと何かを忍び込ませた。

「……っ！」

「蛍は見飽きぬな、八重」

ふたりが追い込んだ蛍の群れに、御殿の人々は色めき立ち、沈んでいた女房たちも声を立てて笑い始める。

「宮さま、これでは藤壺が蛍壺になってしまいます」

「蛍の乱れ舞とは、三位の君もいたずらな」

「ほら八重、臈たげなる女房どのが、もっと蛍が欲しいとご所望だ」

風流人の朗らかな声に煽られて、八重は無心で蛍を追った。

夜も更け、笑いさざめいた藤壺は静けさを取り戻し、蛍だけが客として居座る簀子で、夜警に出る前の八重は、三位の君から手渡された結び文を開いた。

『中宮様の御身大切ゆえに、ふたりきりで語りたきことあり』

文には、弘徽殿との間の裏庭で待っているとある。

――どうしよう。でも中宮さまを案じてらっしゃる三位の君を放ってはおけないし。

八重の迷いを見透かして、小雪がからかう。

「三位の君に恋文でももらったの？」

「違う。中宮さまのことを心配してらして、話があるって」

「でしょうね。近頃の中宮さまは氷水で冷やした水飯も、あまり召し上がっていないみたいだし、このままではお体を壊してしまうもの」

三位の君が彰子を心配すれば、詳しく情況を聞きたくもあり、また妙案があるのかもしれない、とふたりは考えた。

「私がいると話しづらいのかもしれないから、八重ひとりで行っておいでよ。私は簀子をぐるりと回っているね」

小雪に背中を押されて、八重は待ち合わせ場所へと向かった。人気のない裏庭の奥で灯りが揺れている。

事件続きの藤壺を嫌って、近づかなくなった公卿もいるというのに、三位の君ほど中宮を気遣う上卿はいない。腥い政争とは無縁の軽みが、中宮や女房たちの傷む心をどれほど癒やすかと思えば、八重はひたすら感謝した。後宮全体の警護として凜花の宮になってはいても、いざ出仕を始めれば心優しい中宮への忠誠が育っていた。

――本当は、どのお后さまにも公平にお仕えしなければいけないのに。

人の心はままならず、水の高きが低きへ流れるように、八重の心も好ましい者を見つけては傾こうとする。中でも三位の君は、とかく揺さぶりをかける存在だった。

――雲の上の方なのに、こんな私を信用してくれて……。

火影に浮かぶ長身に駆け寄れば、粋を極める貴公子の面は冷たく強(こわ)ばっていた。

「八重か。ここへ来る途中で、怪しの者を見かけなかったか」

「何事かありましたか」

「つい先ほど、射かけられた」

怒りに青ざめる三位の君の手には、矢が握られていた。

「あと数本、そのあたりに落ちていよう。幸いなことにかすりもしなかったが、誰と間違われたものか」

八重はすぐさま否定した。甘く華やかな藤の香をまとって出仕する上卿は三位の君しか存在せず、その薫りが彼の証(あかし)なのだから。

「間違われたのではなく、わかった上で狙(ねら)われたんです」

上卿は袖(そで)に止まっていた蛍を長い指で払うと、飛び行く蒼い光を目で追った。

「私が中宮様へ肩入れしすぎると、不快がる者がいるようだ」

藤壺へ日参して彰子を力づける三位の君を、道長(みちなが)へのおべっか使いと嫌う者がいる――と、放たれた矢が告げていた。中宮彰子を取り巻く人々が、隠謀を企(たくら)む者の標的とされるのならば、三位の君もまた狙われてしかるべき身だ。

「今宵の矢は単なる警告で、次は見事に命中するかもしれぬ」

「そんなことはさせません。私が三位の君を……」

護ると言いかけて、八重は大それた言葉を引っ込めた。相次ぐ事件の解決もできず、あるいは花房の力を借りて事をおさめている未熟な身で、何ができるというのだろう。

――強くなりたい。中宮さまや三位の君を護れるくらいに、強く賢く。

八重の裡で膨れあがるこの強い気持ちに、三位の君は気づいているのだろうか。

「八重、近いうちに中宮様を、寺社詣でに連れ出してさしあげようと思っている。穏やかならざる藤壺に籠もりきりでは、気鬱になってしまうからね」

「それはよきお考えですね」

「そのときは護りを頼むぞ、八重」

世間知らずの娘をからかうのではなく、ひとりの武官を信じる声音だった。

夜明けと共に蛍の光は褪せていく。一夜の恋を追いかけた蛍が眠りにつき、人もまた恋の名残をかき消して、日常の暮らしを始める。

恋を隠す後ろめたさに胸を疼かせるなど無縁とばかりに、朝の光を浴びて、やたらと張り切っている八重へ、小雪は白い目を向けた。

「三位の君に呼び出されて、何もなく帰ってくるなんて、八重は暗渾蛋だわ」

小雪は、中宮に関する相談うんぬんは体裁で、八重を呼び出した三位の君の本意は口説きに違いないと、その後の展開に期待していた。が、彼が何者かに襲われたことで、艶っぽい話どころか政治がらみの話題しかのぼらなくなりそうで、小雪はやきもきする。

「最初の恋のお相手にはあまりに豪奢な方だけど、あれくらいの大物でないと鈍感な八重は目覚めないと思う」

「どうして、話をそっちへ持っていくの。私は三位の君をお護りしたいだけなんだ」

「護りたくなってきたの？　それは特別な気持ちが芽生えた証拠でしょ。ね、緑風」

「男に護られるのではなく、護ってあげたいとは八重らしいな」

「緑風まで誤解しないでよ」

「八重も小雪を少しは見習えば、もうちょっとは艶っぽくなるだろうに」

主上に見初められたいと願う小雪は、清涼殿まで足を伸ばし、庭に生える萩の葉を結んできていた。恋しい人の家の近くに生える萩の葉を結わくのは、定番の恋のまじないだ。

「それ、帝相手にかけたまじないだって、誰も思わない」

狭霧に素っ気なく喝破され、小雪は小さく鼻を鳴らした。

「私が更衣に上がったら、狭霧、今の言葉を謝るのね」

控えの曹司に入ってきた花房が、小雪の言葉尻を捉えて、興味深げに首を傾げた。

「小雪は、敦康親王さまに早くも目をつけましたか」

まだ九歳の敦康は一条帝の先の中宮・定子の遺児で、現在は彰子の養い子として、飛香舎で共に暮らしている。道長の差し金で、天皇の後継者たる立太子の資格をいまだ有してはいなかったが、一条帝唯一の皇子であり、このままいけば帝位を継ぐと考えられていた。

「恋の手ほどきは年上の女性にしてもらうのが通例ですから、敦康親王さまのお相手も小雪ぐらいの年長でつりあうのかな」

「違います、花房さま！　私は子供になど興味はありません！」

「あと数年したら元服ですよ。早い者ならば十二で」

「私の好みは、もっと大人で落ち着いていらして、芸術に造詣の深い知的なお方です」

「やたらと具体的だね。たとえば三位の君あたりかな？」

「それは八重です。昨夜だってふたりきりで会っていたのですから」

なんと、と花房は目を丸くして八重をしげしげと観察した。

「三位の君のお相手には、ついぞいなかった趣向だね」

「花房さま、冗談を言ってる場合ですか。昨夜、三位の君は誰かに射かけられました」

「逢い引きを邪魔するとは無粋な輩……と笑ってもいられないか」

後宮の女たちの争いは、男たちの権力争いの裏焼きだが、後宮での人間関係が政治の表に飛び火して新たな争いの種となると、問題は複雑さを増す。

三位の君こと藤原典広は血筋こそ右大臣の甥だが、早くに引退した父親の跡を継いで上卿の座に滑り込んだに過ぎず、誰にも与せぬ浮遊の公卿として敵もつくらずにきた。その彼が襲撃されたとなると、理由は後宮内の派閥争いしか考えられない。

「これからは、お護りするのが後宮の方だけでなくなったようです。いっそう厳しい任務になってすまないと思っています。無理をしない程度に無理してください」

まるで自分が事件を引き寄せたかのごとく、花房は詫びる。

微苦笑を浮かべた蔵人に、八重たちは「この方を喜ばせたい」と心をひとつにした。


しわくちゃの紙にみみずがのたくる文字を連ねた文を、女童が持ってくる。

「八重さん、衛士がこれを渡してくれって」

「兄者からだ！」

すぐさま文を開くと、墨のしたたりやこすった痕が賑やかな紙面に、はみ出しそうな字が躍っていた。

「相変わらず兄者の字は汚いなあ」

狭霧と緑風が、すぐさま身を乗り出してくる。

「八重、兄者どのが何だって」

「早く読んで」

「待ってよ、兄者の字を読むのは、実の妹だって苦労するんだ」

同じ内裏にいながら顔を会わせることすら稀な兄の誉は、妹を心配しては古紙の漉き返しに書きつけた文をまめに送ってくる。

『明日の神社詣で、頑張れ』

中宮以下藤壺の女人たちは気分転換のため、明日は大原野神社へお忍びで詣でる予定となっていた。この験直しを言い出したのは藤壺を頻繁に訪れる若い貴族たちで、一行の警護には右近衛府と右衛門府の武官が付き随う。内裏を持ち場として離れられない誉は、妹の仕事に気を回し、色々と書き連ねている。

『お前は大らかすぎて、細かなことに気づかない。俺も同じだが。だけど八重は人より耳がいい。これは誰にも負けない武器だ。気働きができない分、耳を澄ませ。誉』

「よき兄者だ。心がぽっと温かくなる文だよ」

緑風と狭霧は、誉からの文を一緒に読んでは喜ぶようになった。

「明日の神社詣でが終わったら、兄者へ報告の文を書こう」

「私にもひと言、添えさせてくれ」

はしゃぐ三人を小雪がたしなめる。

「早く寝ましょう。明日は内裏の外へ出るんだから、寝不足は禁物。大勢の人に見られるって忘れちゃ駄目よ」

「はあい、すぐ寝まーす」

美意識の高い小雪に従って、素直に寝床へ入った三人だった。

翌朝、ピカピカの肌を隙(すき)なく化粧した八重たちは、緑の袍(ほう)も鮮やかに十二人揃(そろ)って中宮彰子の牛車(ぎっしゃ)に侍し、大原野神社へ向かった。

内裏の西方に位置する大原野神社は、春日大社(かすがたいしゃ)から分霊した藤原氏の氏神で、娘が生まれると中宮や后になるよう祈願に詣でる社として、中宮彰子には所縁(ゆかり)も深い。

「かつて二条后(にじょうのきさき)が詣でた際には、在原業平(ありわらのなりひら)が付き随っていってね、彼女との昔の恋を思い出して歌に詠んだそうよ」

「へえーっ、帝に遠慮もしないで歌に詠んじゃったんだ」

「そこが業平のかっこよいところよ」

伝説の色男・業平を、まるで知り合いよろしく語る小雪の想像力に八重は舌を巻く。

「小雪は歌から〝物語〟を読めるんだね」

「あら、八重だってどなたかに歌をいただいて、少しは成長していると思うけどな」

頬(ほお)が熱くなるのを止められないまま、八重は中宮の牛車の後ろに従った。

先駆けは右衛門府、全体の警護は右近衛府の武官がつとめ、凛花の宮は中宮の牛車まわりを固めての行列となる。騎乗する右衛門府の武官は頼もしく、八重は賛辞を惜しまない。

「いいなあ。私も早くあんなふうに馬に乗って、中宮さまを護りたい」

「確かに。あの姿のよさだけは、どこの上卿もかなわないかも」

主上を射止めんとしている小雪も、その点だけは認めて武官へうっとりと視線を送る。

「出立！」

先駆けの声に、八重たちは夢見心地を手放すと、凜々(りり)しく牛車に従った。

大内裏の門を出れば、大路に溢(あふ)れる人々が「どなたの行列か」と声高に語り合う。

騎乗の先駆けが護る女仕立ての牛車に凜花の宮が従えば、お忍びとはいえ人目を引く。

「女子(おなご)の武官がつくからには、お后様のどなたかだろう」

「それにしても、女武官てのはきれいでいいなあ」

「ほんに眼福じゃ」

気を引こうと、わざと大きな声で褒める野次馬たちを涼しくやり過ごして歩む八重は、大路に渦巻く騒音にひそむ奇妙な音を聞き取った。

――なんだろう。

牛に引かれる檳榔毛車(びろうげのくるま)が立てる、ギリギリと車輪の軋(きし)む音。武官たちの足音や刀の鞘(さや)が鳴る音に紛れて、重い車輪が鈍く呻(うな)る。

牛の歩みをうつして牛車が揺れ、暑さに蒸れる車内で蓬(よもぎ)の香りに涼をとる中宮らが、久しぶりの外出で浮き立つ様子もかすかに漏れ聞こえてくる。

——違う、なにかがいつもと違う。

見物人のうるささに、その違和感はふっとかき消されそうになる。

——そうだ！

八重は兄の誉からの文を、突如として思い出す。

『耳を澄ませ』

いつもと違う何かを聞き取ろうと、八重は野次馬の雑音を耳の底から消していった。

ゆったりと牛の蹄(ひづめ)が道の土を踏み、車が道に轍(わだち)を刻む。

ギッギッギチッ。

左右の車輪の立てる音がわずかに違った。

——……右？　何か別の調子の音が聞こえる。

規則正しい左の車輪の軋みに対し、右の車輪が回るたびに時折高い音が混じる。

ギッギッギチッ。

「……っ！」

それがはっきり聞き取れた時、八重は正体不明の寒気に襲われた。何かが裂ける音だと直感したのだ。

「車を止めてくださいっ！」

衝動的に叫んだ八重の大声に、行列はぎょっとして歩みを止めた。

「凛花の官が、何を血迷ったか」

「車輪の左右の音が違うんです。多分、右の車輪の調子が悪いかと」

「何だと？」

右近衛府の武官が慌てて車輪を点検し、血相を変えた。

「轂（こしき）に傷が入れられています！」

車輪の中央部分にあたる轂は、車軸とその上に乗る箱を支えており、轂の堅牢（けんろう）さなくしては車軸は箱の重みに耐えきれずに折れてしまう。更に人の乗りこむ箱は、車軸に縄で結わえられただけの心許（こころもと）なさで、この縄が切れれば箱は簡単に落ちる。

「……床縛（とこしばり）の縄にも切れ目が！」

轂が壊れて車軸が折れ、ついで箱が落ちるよう用意周到に細工されていたと気づき、武官の一同は顔色をなくした。

「誰がこのような真似（まね）を！」

「急ぎ内裏より輦（てぐるま）もて。中宮様を内裏へ戻し奉（たてまつ）る」

八重の気づきによって神社詣では取りやめとなり、輦に揺られて飛香舎へ戻った彰子は心労のあまり床をとった。

内裏にほど近い場所で異変に気づいたおかげで事なきを得たが、そのまま先を目指せば事故は免れなかっただろうと、一同は血の気を失った顔から冷や汗を拭う。

今までは中宮周辺を害してきたが、ついには中宮本人を傷つけようと隠謀の手も激しさを増してきたのだ。

「凜花の官がいなければ、中宮様はどうなっていたことか」

行列の周囲に気を配る通常の武官ではなく、中宮の牛車にだけ注意を集中していたからこそ異変に気づけたと、八重は幸運に感謝した。

——兄者の文のおかげだ。前の晩にあの文をもらったから、あの音を聞き分けられたんだ。

妹が無事に任を果たし、中宮が幾多の難から逃れられるよう、誉は日々祈っているに違いない。兄の真心に八重は心から感謝した。

左大臣・道長と花房は牛車の一件を御前で報告し、主上の心胆を寒からしめた。

「中宮を殺めんがため車に細工を、とな?」

「御意。お命に別状はなくとも、お心が折れるは必定の事故となっていたはずです」

目を伏せる花房を脇にして、道長は怒りに目を剥く。

「右近衛と右衛門は揃いも揃って、頭の代わりに瓜がのっているのか。凜花の娘が見つけなければ、中宮はどのような目に遭っていたか。ああ、腹が煮えて仕方がない」

「左府さま、御前です。もう少しだけ抑えて」

「花房、よい。左府の怒りはもっともだ。中宮に害をなさんとするは、私へ弓引くに等しい。見つけ次第きつく詮議(せんぎ)した後は、極刑も辞さぬ」

中宮職預かりの牛飼い童(わらわ)がひとり、今朝から姿を消していた。牛車に細工してすぐに逃亡したと判断され、右衛門府から探索の手が向けられた。右衛門府の武官は、行幸・行啓の任がない時は検非違使(けびいし)を兼任しているためだ。

自分たちの面子(メンツ)を丸つぶれにされたと息巻く右衛門府の武官の怒りは激しく、咎人(とがにん)は見つかり次第、その場で八つ裂きにされかねなかった。

「左府さま、おそらく咎人はすでに生きてはいないでしょう」

花房は固く目を閉じて告げた。道長はふんと鼻を鳴らす。

「始末されたと申すか。まあ、生かしておいても危なくて仕方がないが」

「右衛門の者に捕まっても、検非違使庁へ連れ込まれる前に息が止まっているかと」

殺伐とした話に倦(う)んだ一条帝は、今回の功労者は誰かと下問した。

「白ネズミ中納言の飼い主、筑後(ちくご)の八重でございます」

「ああ、章広(あきひろ)がいたく面白がっている娘か」

侍従の一群が不謹慎な笑いを噛(か)み殺した。

「私からの心づけを、何か見繕ってあげなさい、章広」

そう告げられて、傍らに控えた章広はにっこりと笑った。

「ようやく凜花の官が役に立ったというところですか、主上」

章広は風渡る清涼殿の庭へと降り立った。夏の花と果実が揺れる甘酸っぱい芳香を、若い侍従は思い切り吸い込む。

「あの子の喜ぶ顔が目に浮かぶようだ」


血腥い話と夏の盛りの百花が入り乱れる内裏から、土産を持って凜花の館(やかた)を訪れた花房は八重たち四人組を呼び寄せた。

「このたびの八重の働きを主上が喜ばれ、こちらをくださった。これからも忠勤に励むようにとのお言葉もいただきました」

塗りの小箱を開ければ、赤く輝く山桜桃(ゆすらうめ)の実がこぼれんばかりに詰まっていた。

「わあっ、ゆすらごだ！」

「清涼殿の庭になっていたものを賜りました」

「帝のお庭の！」

「花房さまぁ……こんな勿体(もったい)ないもの食べられません」

八重の視界は感激の涙ですぐさま歪(ゆが)み始める。

「いただかずに腐らせるわけにもいかないでしょう。それこそ勿体ない」

帝の庭の果実と聞いて、小雪は遠慮のない目つきで凝視している。

「八重、主上が手ずから摘んでくださったありがたい実よ、すぐさま頂戴して」

「……手ずからではないけれども、まあ似たようなものです」

「花房さま、これは兄上のものです。兄上からの文がなければ、私は御車の異変に気づきませんでした。だから兄上がもらうものなのです」

「あなたって人は、どこまで義理堅いのですか。それはあなたへ下されたものですから、さっさと食べてください。あなたの兄上には、私から改めて礼を伝えておきますから」

花房の言に安心すると、八重は内裏の庭から届けられた赤い実をおそるおそるつまんでみた。見慣れた果実ではなく宝玉に思える。赤い実をなかなか口に入れられない。

「う、う、食べるのが怖い」

「八重を見ていると退屈しませんが、仕方がない。みなで手伝ってあげなさい」

「かしこまりましたっ」

緑風と狭霧がふたりがかりで八重を押さえつけると、小雪が山桜桃の赤い実を震える口へゆっくり落としていった。

「玉庭に赤い実あり　乙女食すれば喜んで涙す」

「甘露弾けて感極む」

「美味し美味し」

「んんん、やべて〜〜っ！」

八重の顎を緑風が軽々としめた。

「んんんんっ」

——た、食べちゃった……。

強引に口に入れられ、味も何もわかったものではない。ただ、今まで食したどんな物よりも甘く切ない味が、舌よりも胸に迫った。

「花房さま……帝のゆすらごを食べて、私っ、口が腫れませんか」

「……腫れたらちょっとした事件ですね。それでは主上にお願いして、八重のお兄さんにも届けに行きますか」

八重より何倍も心が柔らかい兄は、主上からの下し物に号泣してしまうだろう。誉の泣き顔を想像すると、つい笑いがこみ上げてくるのだった。


数日後の午後、八重が宿直の番で藤壺に入ると、孫廂をひとりの侍童がうろうろと行ったりきたりしていた。手には細長い文箱を持ち、所在なげにあたりを見回している。

「こちらは女御・元子さまがお住まいの御殿でしょうか」

「迷ってしまったのだね。ここは中宮さまがおいでの飛香舎だよ」

「中宮さまの！」

　声を弾ませた侍童の姿は、ほんの数ヵ月前の、昇殿したばかりの八重自身とよく似ていた。後宮の殿舎を覚えるのに苦労して、しょっちゅう迷っていた。警邏が日常となってからは、否が応でも内裏と後宮を覚えてしまったが、殿中で迷う者を見つけると、かつての自分と再会した気分になり、ついお節介を焼いてしまう。

「どなたを探しているの？」

「名は明かせません。元子さまの御殿にいらっしゃる方に用があるのです」

「その様子では艶文のお使いかな。ふふっ、お役目大変だ」

「何より大切なお使いだと言われて参りました」

　八重が共犯者の笑いを漏らせば、侍童は人なつっこい笑みで応えた。

「私は今日、初めて御殿へ上がったのです。迷ってここであなたとお会いしたのも何かの縁ですから、中宮さまがおいでの曹司を少しだけのぞかせてはくれませんか」

「それはちょっと……」

「ひと目だけでいいのです。あなたならばできるでしょう？　凜花の官なのですから」

　初めて昇殿する侍童が、自分たちの存在を知っていると思わなかった八重は、賢しげな少年の滑らかな口舌に圧倒された。

「貴族の館に仕えて、凜花の官を知らぬ者はどこにもいませんよ。女子にありながら凜々しいこと並の武官を遥かにしのぎ、剣のさばき鮮やかにして百媚を忘れず、春の野を吹き渡る風のごとき爽快な十二人の乙女……と専らの評判です」

「誰がそんなに話を盛っているの」

「もっと怖い方なのかと思っていたら、まるで違うのですね」

「何もないのに怖い顔して歩いていたら変でしょう」

八重と同じきっかけで笑い出す侍童は、名残惜しそうに飛香舎を見やっている。

「今日は兄の代わりで使者に立ったのです。今度はいつここへ昇れるかわかりません。どうかひと目だけでいいのです、中宮さまをちらりと見させてください」

「う……」

昇殿を喜ぶ侍童の他愛ない願いを、八重は笑い飛ばすことができなかった。中宮や一条帝にひと目、と憧れに胸を疼かせていたのは、ついこの前ではなかったか。

「声を立ててはいけないよ。こっそり見るだけなら、奥まで連れていってあげる」

「いいの？　お姉さん、大好き」

浮き立つ少年を八重は手招きし、南の孫廂、廂と難なく通り抜け、障子を少しだけずらすと母屋の中をのぞかせた。

「ここが中宮さまの暮らす母屋。今は用心のために左奥の塗籠に御帳台を移している分、母屋が広く使えるんだよ」

「きれいな室礼ですね。まるで天女さまの御殿だ。どなたが中宮さま？」

八重は母屋の中央に座している、薄蘇芳色の小袿姿の彰子を目で追った。

「撫子の色目の可憐なお方がそうだよ、わかる？」

「はい。中宮さまのお顔を見られるなんて夢にも思わなかった。絶対に忘れません」

「よかったね」

侍童は、眼裏に彰子の面影を焼きつけるように、障子の隙間へ顔を押し当てた。

「ありがとう、凛花の官のお姉さん。今日はなんて素晴らしい日なのでしょう。きっとお使いも上手くいきます」

少年は文箱を大切そうに抱えながら、承香殿へと消えていった。

――あの子にとっては、一生に一度の思い出になるかもしれない。

八重は侍童とのわずかな触れあいを反芻し、夜になっても頰の緩みが止められなかった。

「なんなの、今日の八重はやたらと笑って、ちょっと変」

小雪がしまりのない八重の頰を指でつつく。

「さてはいいことあったでしょ。三位の君、それとも章広さま？　別口が現れた？」

「違うよ、小雪。可愛い童が迷っていたから、御殿をちょっと案内しただけ」

「なるほど迷子だったの。確かに慣れないと大人だって迷うよね、ここは」

「本当に可愛い子だったんだ。ああいう子ならば弟に欲しいな」

「ならばお父上に相談するのだな。意外とよそから弟が出てくるかもしれないぞ」

「緑風、ひどいっ！　うちの父者は母者一筋です」

「ふうん、珍しいうちだね」

緑風と狭霧は、さらりと悪態をついて御殿の見回りに出ていった。

「ったく、緑風はどんな家で育ってきたんだろう。帝や偉い貴族さまじゃあるまいし、妻を何人も持つなんて普通はないよ」

憤慨する八重に、小雪は駄々っ子を諭す口調で対する。

「あのね、緑風の家は武家でしょ。息子は戦に出て、いつ死ぬかわからないからって子供を量産するのが家訓みたいよ」

「量産……」

「そうしたお父さまの血が、あの子にも出ていると思わない？」

緑風は竹を割ったような気性でさっぱりしている半面、血の気が多い。単なる剣術好きではなく、闘う本能をはなから身につけているからだった。

「実戦になったら、思い切りよくやりそうだね」

「私は、できれば血を見ないで、主上のお側にあがりたい」

「本当にあがったら、小雪だって命を狙われるかもしれないよ」

「大丈夫。私は、大貴族のお姫さまみたいにぼんやりしてないもの」

「しっかりしていたって、相手はどこからやってくるかわからないじゃない。さ、私たちも中宮さまのお傍へ行こう」

「……っ！」

そのとき、東南の廊下から緑風の鋭い声がした。

一瞬の後、声にもならない短い叫びが空を切り、何かが倒れる音が続いた。

「なに、今の？」

「八重、行こう！」

太刀を摑んだふたりは、後涼殿へ繫がる廊下へ走った。

見れば、抜いた太刀を宙空に止めたまま、緑風が立ち尽くしていた。彼女の足もとには小さな骸が微動だにせず転がっている。狭霧もまた、抜刀したままの姿勢で動かない。

「これは……」

「誰何したが答えず、逃げようとしたから斬った」

八重が灯火で亡骸を確かめれば、角髪姿の青ざめた小さな面は、昼下がりに八重へ甘えてきた迷子の侍童だった。

「緑風、なんてことを！　この子、今まで承香殿にいたんだよ。もしかしたら帰りも迷子になっていたのかも……こんな小さな子を手にかけるなんて！」

「夜も深くまで使いの侍童を留めるほど、承香殿の女御たちが不見識とは思えない」

「でも、いきなり斬ることはないよ！　事情を聞いてあげてもよかったのに、緑風はひどい！　武家の出で腕は立つかもしれないけど、むごすぎるよ！」

「やめないか、八重」

狭霧は抜き身の刀で、侍童の袖をつついて動かした。袖の下から小さな巾着がのぞく。

「緑風が名を訊ねたら、その巾着を袖から出して、南廂に突っ込もうとしたんだ。同時に巾着を投げ込もうとしたから、緑風は咄嗟に斬り捨てた……」

「この巾着を、南廂の奥へ？」

持ち主の侍童は動くことをやめているのに、巾着はかすかだが蠢いている。

「何が入っているの？」

「八重、むやみに開けるな」

「事情も訊かずに斬り捨てるよりマシだよ」

巾着の口を開いて逆さに振ると、ぼとりと縄状のものが落ちてきた。

「蛇だっ！」

褐色の肌に黒い斑紋の蛇を認めて、八重も頬を強ばらせた。

「ヤマカガシだ……」

突然放り出された蛇は、すぐさま鎌首をもたげて、攻撃の体勢に入る。

「許せっ」

すかさず狭霧は石帯に仕込んでいた小刀を投げ、蛇の頭を貫いた。

侍童が毒蛇を飛香舎の奥へ投げ込もうとしていた事実に、八重は打ちのめされる。

屈託のない笑顔も、ませた口ぶりで甘えたのも、すべてが中宮を害するための手段だったと知り、何を信じていいのかわからなくなる。

「こんな子供が、中宮さまを傷つけるために、ありえない嘘までついて……」

「中宮さまの居場所とお顔を特定するために、文の使者を装って入り込み、機会を窺っていたのだろうね。子供ならば疑われないから」

「こんな子供がどうして……」

八重の涙につられて、緑風も目許を拭った。

「邪な者に、いいように利用されたんだ。子供まで騙して使うなんて、絶対に許さぬ」

「緑風……」

緑風が長身を傾げて、八重の肩口にすがりつく。

「どうして私は、斬ってしまったんだ。捕まえて押さえ込めば済むものを、どうして」

狭霧は静かに頭を振った。

「緑風の判断は正しい。敵が手段を選ばない以上、こちらもいらぬ情はなくすことだよ。でないと中宮さまが、ああなる……」

頭を刺し貫かれた蛇が、子供の骸の傍で息絶えていた。

どこの侍童ともわからぬ子供を使った暗殺未遂は、藤壺の住人を震え上がらせた。

車の破壊工作から日を置かずしての暗殺計画に怯(おび)えた女房の数人が、中宮より先に寝ついてしまい、藤壺はまさに灯が落ちたような暗い空気に支配されていた。

「このままでは、宮さままで病を得てしまう」

「いっそのこと里の土御門(つちみかど)へ下がってみてはいかがでしょう」

不安にかられた女房たちが飛香舎から逃げようと水を向けても、彰子はいざとなると腹を括(くく)った芯(しん)の強さを見せる。

「中宮はいかなる時も、主上と共にあって宮中を支えるのがつとめ。よからぬ者が内裏へ仇(あだ)なそうとするのならば、余計に藤壺を離れるわけにはまいりません」

あどけない少女の面影を残すものの中宮の威厳を備えてきた彰子に、一条帝の愛着もいよいよ深まる。後宮に発生した厄災が、ふたりの結びつきを強固にし、それがかえって彰子に危険を呼び込む皮肉へと繋がっていくのだが。

「皆様、夏の宵に暗いお顔はふさわしくありません。今宵は中宮様の御無聊(ごぶりょう)をお慰めすべく、俗な歌でもひとつふたつ」

沈み込む藤壺を賑やかそうと、三位の君と連れ立つ公達(きんだち)はおのおの楽器を手にして、中宮のもとを訪れた。笙、篳篥に龍笛、琵琶と箏、そして笏拍子。六人揃えば演奏できる催馬楽を歌おうと、三位の君は仲のよい御曹司たちに声をかけてやってきたのだ。

眩げな一団には弟の章広もおり、藤壺で迎えた八重の胸はキュッと締めつけられる。なぜか熟した山桜桃の甘酸っぱさがよみがえり、八重の頬は何をしなくとも染まっていく。

中宮の前に座した六人は、管弦の調子を合わせると、まず『夏引』を演じ始めた。笏拍子を打ちながら三位の君が歌い、章広は箏で妙味溢れる伴奏を受け持つ。

『夏引の白糸　七量あり　さ衣に　織りても着せむ　汝妻離れよ』

妻ある男に恋した女が、夏の衣を織って仕立てるから妻と別れてほしいと迫る歌が一段目。返す二段目では、女の口説きに半ば嫌気がさした男が言い逃れをするくだりとなる。

他愛のない男女のやり取りを描いた歌だが、今宵の八重の胸にはなぜか突き刺さる。

――章広さまは、亡くなった許嫁の方をまだ想っていらっしゃるのかな。

この歌の女ではないが、自ら紡いだ糸で美しい布を織り、衣を仕立てて贈れたらどれほど章広は喜ぶだろうと、つい想像してしまう。

――肌の白さが際立つように、贈る衣は藤色。そのときは、洒落た歌の一首も添えられるようになっていて……。

男が女の誘いから逃げようとする二段目にかかると、三位の君の朗々たる声は真実味を増す。恋の駆け引きの歌ゆえに「三位の現るところに艶あり」と噂される風流人ならではの味わいが、女房たちの胸を焦がす。

たった一曲で座はぱあっと明るくなり、中宮の紅唇にも安らいだ色が戻ってきた。

続けて数曲唄うと、中宮もころころと声を立てて笑っている。

――三位の君は、どこまでも座を沸かすのが得意な方なんだ。

八重の視線を感じ取った三位の君は、即興で唄うと言い、龍笛にだけ伴奏を頼んだ。

「汝がために　忍びし庭に　赤き実のぉ……」

それは、恋しい女のために人の館の庭へ忍び込み、彼女が好む赤い木の実を盗む男の歌であった。彼女の喜ぶ顔が見たくて木の実を盗む男の気持ちも知らず、女は届けられた木の実を、別の男が贈ってくれたものと思い込んでいる。彼女のために熟した実をより分けて摘んだ男の心を知っているのは、夜半の月だけ――。

片恋の切なさを唄う三位の君に、八重の心の臓はドキリと高鳴って落ち着かない。

――これはもしかして、私が帝から頂戴したゆすらごを唄ったものでは？　だとしたらゆすらごを摘んだ人は、誰？

八重以外は、この歌の隠れた意味に気がつかない。見れば章広も兄の美声にうっとりと目を閉じていた。歌の世界に遊びながら何かを追いかける表情に、八重は確信した。

――あのゆすらごを摘んでくれたのは、章広さまだったんだ！

唄い終えた三位の君は、八重と章広の双方を意味ありげな目つきで見比べる。八重はいっそう息苦しくなるが、中宮と居並ぶ女房たちは、即興の歌にいたく感激していた。

「なんというつれない娘でしょうか、この男の気持ちに気づかぬなんて」

「そこまで慕われたら女子冥利に尽きましょうほどに」

「三位の君さま、もしかしてご自分の昔語りをしていらっしゃるのではありません？」

薄い唇に笑いを含ませて、風流の公達は扇で揺らめかせた。

「少々熱くなりすぎました。庭で風に当たってきますれば、八重、灯りもて供をいたせ」

「私がですか？」

「夏のひとり歩きは怖いゆえ。百鬼夜行に出くわしたらなんとする」

「ま、おかしな三位の君さま」

女房たちは声をあげて笑い、殿中の悪しきものを追いはらおうとしていた。

嬌声をあとにした八重は、風の静まった庭を遊び人の公卿とふたりで巡る。

三位の君を先ほどまで彩っていた賑やかさは鳴りをひそめ、月の光を浴び憂いを帯びていた。翳りを宿したかの人の艶めきに、八重は視線を外せない。宮中で名高い罪作りは、八重の心にもときめきという名の楔を打ち込んでいた。

「中宮様の牛車のあとは、侍童が毒蛇か。事件続きで疲れたであろう」

「いえ、未然に防げたのが幸いと思っております」

「それは結構だが、いささか心配だ」

「はい、中宮さまは気丈に振る舞っておいでですが、これ以上何かが起きたら……」

「……そなたが心配だ」

三位の君は、月の光に抱かれて冴え輝いていた。

「そなたに宮中の暮らしは向かぬ。女房勤めは無論、武官となるにも素直すぎる。私はそなたを、嫉妬と隠謀が渦巻く後宮で濁らせたくはない」

「三位の君さま……」

「中宮様を狙う敵は、もはや完全な暗殺者だ。牛車に細工をし、元服前の童にまで毒蛇を運ばせる。まかり間違えば、そなたも命を落とす。かつて承香殿の裏へうち捨てられていた女房と同じように。私はそのようなことは耐えられない」

あまたの女性に恋を囁いた唇で、三位の君は八重をかき口説く。

「私の館で仕えるがいい。髪を切り、男とみまごう姿で危険へ自ら飛び込まなくともよいではないか。そなたがそなたらしく生きられるよう、私が整える。館暮らしが息苦しければ、都路を抜けて野山で馬を駆ろう。流行りの歌舞音曲も浴びるほど楽しませよう」

「そんなことを望みはしません」

「いや、そなたも都の華やぎに憧れて来たのであろう。他の女子のように綺羅の衣にうつつは抜かさなくとも、望んだ都暮らしがあるはずだ。それを私がかなえてあげよう」

「それは私に、あなたさまのものになれということですか？」

蒼い月の光に照らされた三位の君の横顔に、蔭（かげ）がさした。

「後宮は煌（きら）びやかにつくろっていても、一皮剝けば蛇蝎（だかつ）の穴。贄（にえ）は后らと従う女房だけでよい。そなたが傷つき翳る前に、手元に置いて護ろうと思っているだけだ」

静かに、穏やかすぎるほどの声音で、風雅を愛す上卿は語る。

「のびやかに咲く花を沼地に沈める者があろうか。高らかに飛ぶ鳥の羽を切り、籠へ閉じ込めることを愛と呼べるのであろうか。翳りを知らぬそなたを慈しみ、暮らしたいと願っているだけなのだよ、私も章広も」

「章広さまが……？」

「三人で共に暮らそう。そなたが危険から遠ざかれば、故郷の親御も心安んじよう」

両親を持ち出されて、八重の心もぐらつく。

――私に何かあったら、母者はどんなに泣く？　父者はどれほど自分を責める？

このまま三位の君の厚意に甘えれば、楽な生き方が待っているのはわかる。

だが、傾きかけた八重の心の奥で叫ぶ者がいた。男手を兵役に取られ、女子供と老人だけで田畑を耕す農民を少しでも助けたいと、一緒に畑仕事をする幼い頃の八重と誉だ。

――いつかきっと、帝さまに言って、税を軽くしてもらうんだ！

子供じみた願いであっても、八重の胸で今も息づく確かな夢だった。都へのぼったのは、手柄を立てて故郷の者を助けるためだと、もう一度思い出す。

「三位の君さま。私ひとりがあなたに護られて、楽して生きるなんてできません」

「八重、泥沼に背を向け、溺れる贅を見限るのも、そなたを大切に思う者への優しさと考えられぬか」

「できません、中宮さまと藤壺の皆さんを見捨てるなんて、私には……」

あとは言葉にできなくて、八重はくるりと背を向けると、一目散に殿舎へ走った。

――中宮さまを誰より心配している三位の君が、私のことも心配してくださって、藤壺から逃げろとおっしゃる。ご自分だって矢を射かけられているのに……！

藤壺の簀子まで戻りきて、八重は睫毛にとまった雫をこすろうとした。

「そんなに荒くこすったら駄目、目許の紅がよれてしまうから」

小雪のひんやりと甘い声がした。八重を連れ出す三位の君に、虫の知らせじみたものを感じて、彼女もまた庭へと降りていたのだ。

「その感じだと、求婚されたのね？」

「違う。ただ凜花の官をやめて、自分の館へ来いとだけ」

「それは、遠回しの求婚だと思う。八重の気持ちが手に入るまで待つつもりかな」

「違うよ、小雪。章広さまと三人で一緒に暮らそうとおっしゃって」

「兄弟で同じ女子を慕うってのも、世間ではよくある話」

「…………!?」

大混乱をきたした八重の装束を整え直し、小雪は可憐な面に厳しさを宿らせた。

「宮中で私たちが許されるのは嬉し涙だけよ、八重。他の涙を見せてはいけないの」

「そうだね、皆を護るためにいるんだもの、泣いたら皆が困るよね」

「でも、三位の君からのお話は真面目に迷った方がいいよ」

小雪は真剣な顔でそう告げた。


「どなたかはいい気なものだ。早くも凜花の官の任に飽きたとみえる」

館で仕込みの短剣の手入れをしながら、三位の君の言葉を反芻していた八重の手はいつしか止まり、考えに耽っているのを左京が目ざとく見とがめる。

「あ、つい……」

「つい？　敵を防ぎ、大切な方たちをお護りする、命に等しく大事な武器を扱うのに、ついとは恐れ入る。つい手入れを怠って、次のついにはどうなるのだろうな」

土御門邸育ちの左京は、出身ゆえの誇りで常に権高な態度だが、八重に対しては出会い頭から嫌い方も露骨だった。ことに監督官の花房の前で八重に庇われたのを屈辱と受け取って、ますます嫌悪の情をつのらせている。

「誰にでもいい顔をする者に限って、一番初めに裏切る。どなたかも武官として偉い方に顔を売ったあとは、甘い汁を吸おうと算段しているのではないか」

左京の当てこすりに、八重の喉の奥が締まった。

——三位の君がお館へ誘ってくださったのを、左京は知っているんだ。

人気のない夜の庭とはいえ、藤壺の殿舎の周りは左近衛府の衛士が見張っている。声をひそめもせずに八重をかき口説く上卿のひたむきさを貪り聞き、人に漏らしても不思議はなかった。

「何を聞いたのかは知らないけれど、私は凜花の官の職を投げ出したりはしない」

「どうかな。誰かが甘いせいで、毒蛇を持った子供を中宮さまのお傍近くまで寄らせたのを忘れたか」

「あれは……」

「偉い方にチヤホヤされてのぼせているから、そのような失態を招くのだ。花房さまも甘すぎて話にならない！」

耳の痛い話もきちんと聞いて、嵐が過ぎ去るのを待つ気でいた八重のもとへ、折悪しく章広から文が届いた。中納言こと朝靄へは豆の小さな包みを土産として。

「はっ、右大臣の甥ともあろう侍従が、何を血迷ったかネズミの機嫌取りとは情けない。ネズミのほうが、私たち凜花の官よりもしっかり働くと思われているようだ」

左京は連続窃盗事件を狭霧がネズミを用いて解決した件も、根に持っていた。花房が左京たちには策を教えず、犯人を捕まえた後は真相を有耶無耶にしてしまったからだ。

「八重と狭霧が飼っているネズミが捕まえた咎人は、なんでも女官が持つ品を蒐集するのが趣味の〝魔煮痾〟なる執着者だというではないか」

「世の中には大変な趣味の人がいるよね……」

仲間うちに犯人がいたとは言えず、八重が苦しい嘘をつくと、左京は細面にいっそうの不快を表した。

「そのような不届き者、公開の場で百叩きに処せばいいのに、花房さまときたら甘いに尽きる。そんなだから山出しとネズミが、大きな顔をするのだ」

言いたい放題の悪口を言って溜飲を下げると、左京は自らの曹司へ帰っていった。

「相変わらず、やられているな」

緑風と狭霧が苦笑する。左京の怒りは至極まっとうなので、口の悪さを割り引いても納得せざるをえない点は多いのだ。

「根は悪い人じゃないんだけどね」

「八重とは馬が合わないな。それも向こうが、自分で勝手に決めちゃってる」

「馬以外の動物は苦手みたいだし」

「一番の苦手は人間ではないかしら」

小雪の辛辣さに、八重は少し気が楽になる。左京に自分個人が嫌われているのではなく、彼女が人嫌いなのだと思えば、心が軽くなった。

「皆様、明日は朝番なのですから、早くお休みなさいませ」

侍女に促され、八重たち四人は手入れの済んだ武具や装束を西の孫廂の一角へ収めた。装束の衣は侍女たちが洗濯から火熨斗まで一連の手入れをしてくれるが、帯や靴に冠などの小物、そして太刀と弓箭は自分で管理して手入れをする。

「八重、この前、太刀が刀掛けからズレていたよ。左京に見つかるとうるさいから、直しておいたけれど」

しっかり者の小雪にしてみれば、大らかな八重のアラをつくろうのも楽しいのだが、万事に細かい左京にすれば癇に障ることだらけなのだ。

「それにしても今夜は蒸すね」

「風を通しましょうか」

簀子際の蔀を開け放し、八重たちは先を争って眠りについた。明日はまた一番鶏が鳴く前に起きねばならないのだから。

鶏鳴いて朝となり、出仕する四人は大わらわで支度を始める。

陰陽寮から支給された暦に従って今日の吉方に祈り、顔を清め髪を結い、固めに炊いた朝の粥をすする。毎回寝坊する八重は、髪を結われながらの朝餉となる。

「八重さまは二番鶏まで寝てらっしゃるから、朝の用意が戦場みたいになるのですよ」

「だって起きられないのは仕方がないよ」

「夜遅くまでお歌の勉強は結構ですけど、朝に響くようではねえ」

「だって歌を覚えないと、皆さんと話が通じないんだよ」

熱い粥を一気にすすり込んだ八重は、軽く舌を焼いた。

「どうしていつも熱いままで出すの」

「皆様と一緒に出したら冷めてしまいますから、直前まで温めているのですよ」

「これからはぬるくてもいいから」

侍女の〝母心〟にさほど感謝もせず、八重は装束を着付けてもらう。ひとりだけ遅れている八重を仲間がせかす。

「着終わってないの八重だけだよ、いつものことだけど」

「あとちょっと待って」

緌(おいかけ)のついた冠を頭に載せて装束は完成する。

「あとは弓箭に太刀だ……」

武具を保管する西孫廂(にしのまごびさし)へ入った八重は、頭が痺(しび)れるような衝撃を受けた。

「私の刀が、ないっ！」

「馬鹿(ばか)を言って。よく見なさいよ」

「違う、ないんだ、本当に！」

「まさか！」

緑風が、刀掛けの太刀を数える。非番の四人の分しか残っていない。

「確かに一本足りない。八重の刀がなくなっているのは間違いないな」

言われて八重は、残る刀を改め始めた。何ヵ月も使った刀は、柄にも刃にも自分だけの癖がつく。柄を握っただけで感触の違いに気づいた。

「違う、これも。どれも私のじゃない」

「では八重の刀はどこにある……？」

すぐさま土御門邸へ使いが走り、非番の花房がどうにか整えた狩衣姿でやってきた。

「八重が太刀を紛失しただって？」

穴があれば入ってそのまま消えてしまいたい、と八重は視線を床に落とす。

——昨夜、確かに刀掛けにきちんと掛けてから寝たのに。

あまりの蒸し暑さで各面の妻戸と蔀を開け放していた、と小雪が説明すれば、花房は苦しげに頷いた。

「男の武官の詰所へ盗みに入るは命知らずだが、ここは傍目には女官の住み処だ。いわゆる〝魔者病〟も新たな目標に定めよう。ことに売り出し中の凜花の官の持ち物ともなれば、蒐集する側には垂涎の的だ」

「花房さま、では私の刀は？」

「女官好きをこじらせた男の館の奥深くしまわれて、夜な夜な撫でさすられる憂き目に遭うだろうね」

「ひ～っ、気持ち悪いっ」

騒ぎを聞きつけ、左京ら非番の組も曹司へやってくる。八重の太刀が消えたと知って、四人も顔色をなくした。武官の館が盗みに入られては、まるで締まらないではないか。ことに、女房たちの装身具をかすめていた楓は、太刀が盗られた刀掛けを半眼で見やると目を背けた。盗まれたものがものだけに、事件としては可愛げもない。

「女房たちの小物が盗られたのと、桁が違うのはわかるね。凜花の官の太刀は主上からの預かり物で、盗まれたから弁償すればいいというほど簡単ではないんだ」

八重ばかりか居合わす娘たち全員が言葉を失い、力なく頷く。

「……ごめんなさい、私が蔀を開けっ放しにしたせいで」

「八重だけの責任ではありません。私たちも同罪です」

「ふうむ、朋輩の失敗を皆でかぶるのはいいけどね、問題は八重が今日使う太刀です。非番の四人、誰か貸してやってくれないか」

「お断りします！」

間髪を容れず、左京が拒絶した。

「武具の手入れをしている時に『ついうっかり……』などと言う心得の者へ、武官の命たる太刀は貸せません」

「確かに、左京の言葉には一理ある。他の者は」

楓がおそるおそる手を挙げようとしたが、左京に一瞥(いちべつ)され、すぐさま知らぬふりに転じた。他のふたりも左京に同じく、はなから八重へ貸す気などないようだ。身分の枠に囚(とら)われず、のびやかに振る舞う八重は、他の娘たちから妬(ねた)みを買っていたのだ。

「そうですか、あなたたちは朋輩が厄に見舞われても、助ける気は毛頭ないと」

「そうは申しておりません。普通の不手際ならば、いくらでも手を貸しましょう。しかし、太刀だけはどうにも貸せません」

「薄情だがもっともな意見だね、八重。どうする、あなただけ腰を空けて出仕するかな」

「いいえ、許されるのならば、木刀でも木の枝でも佩(は)いて参りたいと思います」

八重の偽らざる気持ちだ。

「そうか。そこまで言うのならば、今日は私が元服の時に、伯父上から頂戴した太刀を貸そう。あとは全力で捜しだしなさい。主上からの預かり物ゆえ、なんとしても」

「花房さまっ！」

八重と仲間が感激の声をあげると同時に、左京が抗議の声をあげた。

「なぜ、このような粗忽(そこつ)者にそこまで優しくされるのですか。支給された刀をなくすなど武官にあるまじき失態です」

「そうだね、あなたは間違ってはいない。けれども、ことの正邪は刀の紛失ではなく、後宮をいかに護るかの一点なのでね、はき違えてもらっては困る」

「つまりは、藤壺を護るためならば、かくも不心得な者でもお使いになると」

「刀をなくしたのが誰であっても、私は貸すよ、左京。七殿五舎を護る刀がなければ、盗賊よろしくよそから奪ってでも」


花房から借りた太刀は、自己嫌悪に苛まれる八重には、とてつもなく重い。

桜花と鷹の意匠を蒔絵と象嵌で装飾した太刀は、贈り主の道長の派手好みのままに、目にもあやなる華麗さだった。

――こんなキラキラした太刀佩いていたら、悪目立ちしてしまう。

すれ違う人すべてが借りた刀に注目している気がして、いたたまれない気持ちになる。

館を出る前に左京が呟いた悪態も、落ち込みに拍車をかけた。

『左大臣さまが贈られた一番よい太刀を、八重ごときが借りるだなんて』

なんと大切なものを借りてしまったのかと、情けなさがいっそう重くのしかかってくる。

「おや、八重が今日帯びているのは、花房殿の刀ではないか。いかがした」

日課とばかりに藤壺へ顔を出した三位の君は、座についてほどなく八重の刀に気がついた。その目ざとさは驚くほどで、八重は更に深い自己嫌悪に陥る。

「どうしてそれを？」

「その飾り太刀を忘れるものか。鷹に桜の意匠を初めて見た時は、頭に血がのぼって、寝つけなかった。まるで左府様が、花房殿を我が物とひけらかしているようでね」

「…………」

「あの日の怒りと妬みが、もう一度鎌首をもたげそうだ。因縁の飾り太刀を、今度はそなたが持つとはいかなる因果か」

聞き慣れた三位の君の軽口も、今日の八重には身を切る刃物に思える。

後宮での勤めを何とかこなし、凜花の館へようよう戻った八重は、筑後を発つ際に国司から贈られた衣で借りた刀を、しっかりと包んだ。

──今まで受けた御恩と償えない不義理はまるで返せないけれども、私が持っている財はこれだけです、花房さま。

鼻をグスグスいわせながら文を書いている八重の異様さに、小雪が眉をひそめる。

「知り合いの方に、ご不幸でもあったの？」

「ありましたー」

「いつ亡くなったの」

「今朝。もらって半年も経ってません、ううっ」

「新婚のうちに永の別れとなったのね」

「ん？　何の話？」

「お知り合いの奥方が結婚間もなく儚(はかな)くなったのではないの？」

深刻を極める八重と、話がズレている小雪を交互に見やり、狭霧は八重が隠しながら書いている文に目をとめた。

「八重、碌(ろく)でもないこと考えているね」

瞬時に見抜かれ、八重は固まる。狭霧は勘働きが鋭く、隠し事もすぐに暴いてしまう。

「もうここにはいられないって、わかっているくせに。太刀をなくすなんて凜花の官、失格だよ」

「八重、絶望しまくる前に、なくなった刀を捜そうよ」

小雪が気を取り直させようとしても、八重の耳には届かない。

「無理だよ、何の手がかりもない。花房さまが言うように〝魔煮痾〟の人が盗んだのならば、きっと返ってこないよ」

「超珍しいお宝扱いされているんだろうな。武官が八人も一つ屋根の下にいて、盗人(ぬすっと)に入られるなんて世も末だ」

緑風も八重と一緒に落ち込んでいく。だが、狭霧がひとり、首を傾げた。

「そんな輩が忍び込んで、朝靄が気づかなかったのが腑(ふ)に落ちない」

四人のため息が同調する。

書き置きをしたためているとバレた八重は、開き直っておおっぴらに荷造りを始めた。

「私がここにいると、皆に迷惑ばかりかけてしまう。明日、筑後へ帰ろうと思ってる」

「ええっ、今日の明日で諦めてしまうの？」

「だって刀はきっと見つからないし、私の失敗で花房さまが責められるんだよ！」

「八重、帰っちゃ駄目だよ。私たち、まだ何もやり遂げていないよ。私が主上のもとへ嫁ぐ時に、八重が祝ってくれなかったら寂しいじゃない」

「この期に及んでも、小雪は自分の夢に忠実だね」

「八重だって、自分に正直にならなくちゃ。本当は帰りたくないんでしょ」

小雪に励まされ、縮こまっていた八重の心も息を吹き返す。

「本当は、皆と一緒にいたい。中宮さまのお役に立って、花房さまや兄者を喜ばせたい。主上や左大臣さまに認められて、故郷の人たちを助けたい……」

「だったら帰っちゃ駄目だよ、八重」

四人は泣きながら肩を抱き合った。

——離れたくない、ずっとここで一緒に……。

「あー、盛り上がってるところ悪いけれど、ちょっといいか」

冷めた声が頭上から降ってきて、八重たちはぴたりと泣きやんだ。目つきの悪さで有名な、花房の従者・賢盛だった。

「お前ら嬉しくても哀しくても、寄ると触ると一緒に泣いてるな。女子って大変だ」

八重たちを冷静に見下ろす賢盛は、花房の飾り太刀へじろりと三白眼を向けた。

「やっぱりお前、筑後へ帰るつもりだな。花房の刀に添えた衣は置き土産のつもりか？」

ぎくりと固まった八重の前に、三人の娘が立ち、口々に言い訳を繰り出す。

「それは花房さまの大切な刀だから」

「風邪引かないように衣で」

「筑後の絹です」

賢盛は苦しい言い訳を無視すると、煌びやかな飾り太刀をむんずと摑んだ。

「帰郷は許さないと花房からのお達しだ。お前の性格だとやりかねないって心配してる」

「だって……」

「責任を感じるならば、めいっぱい働いて返せ。あと、この刀をお前が持ったら悪目立ちするから、もうちょっと地味なのに替えてやる」

賢盛は自らの帯から太刀を抜くと、八重に手渡した。鞘には蒔絵が施され、四季の花が妍を競っている。吊って表となる鞘の左は春と夏、右には秋と冬の花々。地味と呼ぶには充分に華やかだが、今借りている刀よりは幾分か落ち着いていた。

「鷹に桜の飾り太刀を八重が使うのはどうした理由かと、問い合わせの文が届いたんで、鈍感な花房もやっと気がついた。お前には派手すぎたってな。だからこいつと交換だ」

「これは賢盛さんのものですか」

「いや、花房が今、使っているやつだ」

「そ！　そんなもの持ったら、もっと色々言われます！」

八重の抗議に耳も貸さず、賢盛はさっさと曹司を出ていこうとする。

「花房と艶っぽい噂が立ったら、嫉妬で煮上がった連中に可愛がられるぜ」

「考えるだけで、怖くなります」

「貴布禰明神に八重の人形が、幾つ打ち付けられるかな」

無責任な態度に気遣いを取り混ぜて、口と目つきの悪い従者は姿を消した。

とことん期待され、許されていると八重は思い知らされた。

「筑後へ帰れって言われるまで、ここでお仕えするんだ。私にはそれしかできない」

それからというもの、花房が貸し替えた太刀を佩いて昇殿する八重に向けられるのは、賢盛が予想した通りの妬みに満ちた白い目ばかりになった。

「なぜ、あの凜花の官が花房さまの刀を……」

藤壺へ入れば物語をものする紫式部が、刀の鞘を穴が開くほど眺めてくる。

――この目が怖い。物を書く人って、どうして人を裸にするような目で見るんだろう。

見えない冷や汗を八重がかいているのも承知で、藤壺一の才女は表向きはさらり、実はねっとりと訊ねてくる。

「花房さまの刀を、またいただいたのですか」

「いえ、私の刀を修理に出しているので、貸していただいたのです」

「刀のどこが悪いのですか」

「どこがって、全部……」

「ご愛用の刀をわざわざ貸してくださるとは、何やら深いワケでもあるのでしょうか」

「ありません、全然、これっぽっちも！」

宮中の日常に事件を探す式部と、花房に憧れる者たちに、八重の抗弁は通じない。

事実、侍童の一団は廊下ですれ違いざま、「地黒」「男女」「田舎へ帰れ」と暴言を吐いていった。目を剝いた八重に勢いづいた侍童たちは、紅も鮮やかな唇で更に罵(ののし)る。

「やれ、山猿が怒ったぞ」

「嚙みつかれるぞ、あなおそろしや」

一群はあざ笑いながら逃げていき、気を落とす八重の傍らで緑風が苦笑した。

「今のは、私への悪口かもしれないな。どっちに言ったかわからない」

「緑風は様子のよい男の子に見えるから、こんなふうには言われないよ」

殿上童(てんじょうわらわ)として仕える名門貴族の子息たちは、誇りの高さに比例して意地の悪い者が少なくなかった。

控えの間に戻れば、小雪と狭霧が複雑な表情を浮かべている。

「八重、私たちの留守になにやら素敵なお文が……」

古紙を梳き直した黒ずんだ紙には、乱れた筆致で「やまざるへ」と書かれていた。

「私宛、だよね……」

八重は気の重さもそのままに、ゆっくりと文をひらいた。

「附子って書いてある。何のこと？」

「トリカブトだ。花はきれいだけど、猛毒だよ」

狭霧は動物のみならず薬草の知識も有していた。渡来系の技術と知恵を伝え続けてきた郷の出が、端々にのぞく。

「また地黒だって。わかっていても、人から何度も言われると、やっぱり傷つく」

「初めて会った時より、ずいぶん白くなったじゃない。花房さまがザクロ酢まで持ってきて、顔と手を磨いてくれるなんて、普通じゃできない経験よ」

小雪の慰めは諸刃の剣だが、打たれている最中の八重には、優しく聞こえる。

「この文、強烈ね。『図に乗るな、花房さまは皆のものと心得よ』だって」

「熱心な〝不安聯〟がついているのだね、花房さまも」

緑風が気の毒と言わんばかりに呟く。花房が誰にでも等しく優しいのは、本来の気性に加えて、特別な誰かをつくっていないと周囲に知らしめるためなのだ。

「だから、陰陽師の恋人も秘密なんだね」

「苦労してんな、花房さま」

「そうよ、人に言えない苦労があるから、あれほど優しくできるの。ね、狭霧」

「そうだ、私が間違った時も、楓のことだって許してくれた」

　四人は声を揃えてしみじみと嘆じた。

「花房さまって苦労人」

「苦労人とは、私のことかな」

　几帳が揺れて、人を食った笑顔の三位の君が、そろりと首を突っ込んできた。

「三位の君、どうしてこのようなところへ」

「凜とした薫風に誘われて。そなたたちの香は相変わらずよい薫りだ、聞き飽きぬ」

　八重が中宮の母屋へ伺候するのが待ちきれずに訪ねてきたのか、と小雪がくすぐりを入れようとすれば、風雅と遊びに人生を懸ける上卿は、錦の拵え袋を八重へ差し出した。

「これからは花房殿の刀ではなく、こちらを使いなさい」

「どういう意味ですか」

「そなたが花房殿の刀を帯びているかと思うと、胸が焼けて仕方がない」

　新たにややこしい手合いが現れた、と小雪たちは眉をひそめた。緑風が怖いもの見たさの勇気をふるう。

「三位の君さま、もしかして花房さまのことを憎からず思っていらっしゃる？」

「当たり前でしょう。いつか一夜をと思い続けて幾星霜……というのは冗談ですがね」

——本気だ。目が真剣だった……。

ひるむ八重に、尚も拵え袋を渡そうとする。

「こちらの刀のほうが、借り物よりも似合うと思うのだが」

上卿の押しの強さに閉口しながら、八重は房紐の鱗結びを解く。

——どうせきっと、最初の刀に負けないいくらい綺羅綺羅しいのをお持ちに。

さっさと物を確かめ、お引き取り願おうと八重は無造作に太刀を袋から取り出した。

「あっ！　ああーっ！」

手にした太刀が信じられずに、八重は柄を改めて握った。鞘を見直し、刃も見渡し。

「これっ、これは間違いなく……」

「どうです、花房殿のものよりお気に召したかな」

「私の太刀です！　どこにあったんですか、三位の君⁉」

諧謔に富んだ笑みをうっすら浮かべて、風流の君はほのめかす。

「木を隠すには森の中。それ以上深くは語りますまい」

八重が嬉し涙を滲ませると、上卿は御殿を吹き抜けるいたずらな風と化して姿を消した。

――私のために、どこかから捜しだしてくれたんだ……。

胸の奥に甘酸っぱい何かが満ちていく。鼓動が身体中に響き、走り出したいような、衾の奥でうずくまっていたいような、どうにも落ち着かない心持ちとなった。

――三位の君も、章広さまと同じで、誰にでも優しくなさるんだ。なのに……。

宮廷屈指の〝身持ちの悪い男〟の実を感じる振る舞いに、八重の心はただ揺れていた。

第四帖　迷い花

宮中の職務は上級貴族の場合以外は、三交代制で行われる。

早朝から昼間までの日中勤務、昼下がりから翌朝へかけての「宿直(とのい)」、あけて非番の、三日間で二日勤務一日休みが基本となる。

宿直があけて昼過ぎまで休んだ八重(やえ)は、足音を殺して部屋を抜け出す緑風(りょくふう)の、妙にせわしない雰囲気に目を覚ました。

「緑風、どこかへ行くの？」

「ああ、都の見物に。今日は四条の河原あたりを散策してみようかと思う」

「外はまだ暑いのに、元気だなあ」

京の盛夏の油照りと話にこそ聞いていたが、南国育ちで暑さに強い八重ですら、盆地の蒸し暑さは別格だと薄絹の単(ひとえ)の襟元を煽(あお)いだ。

「……甑(こしき)で蒸されている気分」

雪国暮らしが長い小雪(こゆき)は完全にへばっている。

「宿直あけの日だけは、どうにも動きたくない」

狭霧と白ネズミも床に腹ばいになって、身体を冷やしていた。

「おおい八重、元気か〜。冷えたスモモ持ってきたぞー」

庭から響く朗らかな誉の声に、八重たちはさっと身を起こすと、ばたつき始めた。肌の透ける薄い単一枚で過ごしていたせいだ。

「何か羽織らないと、狩衣、狩衣！」

「八重、それ私の！」

「朝靄、八重の兄者を足止めしてきて！」

「兄者、お願いだからこっち来ないでー！」

「何事だーっ？」

なにか異変が起きたのかと、誉は連れの茂蔵と共に、妹の曹司へ突入した。

……曹司へ入らせまいとした八重に几帳をぶつけられて、ふたりの武者は瘤のできた額を押さえつつ恐縮していた。

「悪かったよ、まさか単一枚の薄着でいるとは思ってなくて、なあ茂蔵」

「……我は知らぬ」

「のぞくつもりなんかなかったんだから、もう許してくれよ。なあ、茂蔵も謝れよ」

「……我は、すまん」

「小雪さんと狭霧さんは別として、八重の単姿なんか見ても仕方がないだろ。色気ないし。な、茂蔵」

「……我は……違う」

真っ赤になって詫びる茂蔵を見かねた八重は、無遠慮な兄を許すことにした。

「私たち武官をやっていても女子なんだから、忘れないでよ」

一通り怒って気を取り直した八重は、誉が持ってきたスモモにかじりつく。井戸で冷やしたスモモを冷水ごと運んでくれるのは、兄の優しさだ。

「お前の刀を盗む奇特なヤツがいるなんてな。ま、見つかって何よりだった」

刀の紛失事件が無事に解決したと聞き、誉は胸を撫で下ろす。支給された武具の紛失は、本来ならば懲罰ものの失態なのだ。

「でもどうして、三位の君なんて偉い方が、なくした刀を見つけてきたんだ？」

首を傾げる八重に、狭霧がボソボソと打ち明ける。

「実は何日か前に、章広さまがこっそり朝靄を借りにきた。八重を助けるためにって」

「それで、朝靄を貸したの？」

「うん。次の日、炒り豆と一緒に返してくれて……そしたら刀を三位の君が」

右大臣家に連なる名門の兄弟が、八重を窮地から救うため密かに尽力したと知り、誉と茂蔵は狐につままれた顔をした。

「都は、まさかが本当に起こるところなんだよなあ」

「三位の君は、どこで見つけたか教えてくれなかった。木を隠すには森の中って謎かけみたいなこと言っただけで」

「それ、武器庫で見つけたってことか？」

咄嗟に思いついた茂蔵は、口べただが決して鈍い男ではない。八重のために一生懸命に頭を働かせて、盗まれた刀のありかを考えていた。

「つまり〝魔煮痾〟って輩が武官の中にいて、八重の刀を武器庫に隠してたのか？　どこのどいつだ、見つけ次第、俺がボコボコにしてやる」

「気持ちは……わかる。我も、八重殿の刀ならば……持ってみたい」

「そうだなー、俺たちには一生縁がないような細工の拵えだもんな」

「…………」

この兄妹は揃って鈍い、と呆れながら、小雪は新たなスモモに手を伸ばした。三位の君兄弟の破格の厚意は、浮き世離れした者の気まぐれかもしれないが、目の前では八重の関心を引きたくてたまらない実直な武官が、暑さとは別の汗をかいている。

「八重、もうちょっとしたら賀茂川へ夕涼みにでも行こうか。誉さんたちと一緒に」

「でも、夕餉までには兄者も兵舎へ帰るでしょう」

「ああ、食いっぱぐれちまう。なあ、茂蔵」

「お前、飯がいらないって、暑気あたりか？」

「我は……それでも構わないが」

翌朝、八重たちが出仕すると、藤壺はまたもや騒ぎに見舞われていた。

女房のひとりが昨夜から姿を消していたのだ。暑さにだれて藤壺中が午睡にまどろみ、夕餉の支度で動き出した時に不在に気づいたという。

姿を消した女房は、中宮の身の回りを世話する中臈の如月。中宮の傍に侍って話し相手をつとめる上臈とは異なり、装束の手入れに給仕、接客の対応など諸事をこなす最も忙しい立場のひとりだった。中宮の求めに応じて内裏の外の市へ買い出しにいくのも頻繁で、他の女房よりも行動半径は格段に広い。

「外へ出て何かの事故にでも……」

「まさか、よからぬ者に拐かされたりしてはおりませぬか」

「そんな恐ろしいこと！　凜花の官どの、早く如月さんを見つけてください」

如月づきの下女に訊けば、その日は完全な非番で、朝から曹司に籠もって日記をしたためていたらしい。まず、中臈の身分ともなれば下女も連れずにひとりで外出はしない。

「内裏のどこかにいるのではないか？　たとえば書庫で倒れているやも」

藤壺中をくまなく捜しても、如月の姿は見当たらない。

「あの……お部屋をよく見ましたら、お文の箱が見当たりません」

「文箱が？」

「月に雁が描かれたもので、母君から譲られたご自慢のお品でした」

八重と小雪は、一分の乱れもない室礼を見回し、万事につけ節目正しかった如月の人となりを思う。才女の多い藤壺にありながら、知に走ることもなく、敢えて引くわきまえを知った、思えば房内では目立たない存在でもあった。

整然とした室内から、如月と文箱だけが欠けている不思議――。

「誰にも声をかけずに外へひとりで行くのって、どういう理由があると思う？」

八重が問えば、世慣れたはずの小雪も自信なげに可能性をあげる。

「逢い引きならば下女を連れていくでしょ。誰にも言わないとなると、実家に事件があったのかもしれない。世間に知れてはいけない不祥事みたいなものかな」

「そんな報せを受けたら、絶対に行くよね」

「だから文箱もないのね。今までの文にも色々書かれていたのなら、私だったら文箱ごと持って出るかな」

「それだ！」

如月の実家は都の内にある。すぐさま訪ねて女房の所在を確かめようとする八重を、緑風がとどめた。

「もしも実家に事情があるのならば、決して口は割らないよ。それよりも七殿五舎をきちんと捜したほうがいい。八重、一緒に回ろうか」

緑風はすっと控えの曹司を出ていった。八重が慌てて後を追えば、彼女は廊下に立ち止まってぼうっと空を見ている。

「緑風、どうしたの？」

「……いや。まず、装束と什器の倉を捜してみるか」

中宮の暮らし全般を世話する中臈は、季節ごとに衣や食器の入れ替えを指揮する。自ら動くこともままある。

「秋も迫って、前準備に倉をのぞいた可能性もある。如月は倉の鍵を預かっているんだ」

「さすが緑風。そこまでは頭が回らなかった」

中宮職へ事情を話し、倉の錠を開けてもらう。

錠前は外す時こそ鍵がいるが、はめる時は手で押し込むだけだ。錠が外れていると気づいた誰かが、考えなしに閉めた可能性もある。

「いないね……」

緑風の思いつきはよかったが、捜す相手は倉の中にはいなかった。

ところが緑風は、倉の中に並ぶ白木の箱を食い入るように見つめている。

「凄いな、ここから先はどれも箱が新しい。つまりは歴代の中宮が使っていた物ではなく、彰子さまが新たに持ち込んだ什器だね。これを全部把握して、季節や宴ごとに準備するのは、さぞかし骨の折れる仕事だったろうね」

「緑風、何が言いたいの？」

「つまり、くだんの女房は逃げたのではないか、と思ってるんだ」

「逃げるって……あの仕事熱心で真面目な如月さんが？」

「真面目だからこそ、逃げる場合もある。日がな中宮さまのお傍で暮らして、他の女房たちの目はうるさい。おまけに責任の重い仕事は山積みで、上臈たちは口やかましく、下に仕える者は突き上げる。まともな神経ならば、逃げたくなってもおかしくないよ」

　姿を消した女房に対し、緑風は妙に突き放した口ぶりだった。カラリと明るく熱い彼女にはそぐわない態度が、八重の裡にチクチクと刺さる。

「緑風ってば、如月さんと喧嘩でもした？」

「するものか。どうして彼女と喧嘩なんか」

「だって如月さんて真面目だから融通がきかないとこあるし、緑風もまっすぐだし」

「それだけで喧嘩してたら、宮中じゃ三日ともたないよ。敵をつくらず、悪口は言わずが生き延びるコツだ。小雪と狭霧を見てみろ、絶対に人の悪口言わないだろ」

「わ、私だって言ってないよ！」

　むきになる八重に、緑風は目を細めた。

「そう。私たちの組は、傍から見たらとても珍しい人間の集まりだ。凜花の他の八人のほうが、世間的には普通ってところだろうね。ちょくちょく陰口を叩(たた)くし、それでも足りずに文でも悪(あ)しざまに書く」

「……え？」

「女房たちとお友達やってると色々教えてもらって、女子はややこしいと痛感するよ。例の女房が逃げたいのなら、深追いしないで逃がしてやるのもいいんじゃない」

——緑風は、今回の調査を放り投げてないかな？

八重の心の底に、ざらついたものが残る。

失踪(しっそう)した如月の行方は杳(よう)として知れず、実家に訪ねても何の手がかりも得られない。妙齢の女子の遺体が賀茂川で上がったとの連絡を受ければ顔を検(あら)めに行き、似つかぬ姿に安(あん)堵(ど)しつつも憂いはつのる。

中宮が信頼していた中臈の失踪とあって、他の后(きさき)づきの女房たちの高笑いも漏れ聞こえ、八重は情けなくなってきた。

——如月さんを心配するどころか、いなくなったと笑うなんて……。

「大方の女房は、そんなもんだ」

宿直の勤めを終え、館(やかた)で装束を解いた緑風は、朝餉も摂(と)らずにふらりと外へ出ていこうとする。このところ非番になった朝に繰り返される、不可解な行動だった。

「緑風、どこ行くの？　朝餉は？」

「外で食べる。いい煮炊屋を見つけたんでね」

八重に二の矢を継がせず、緑風は都の大路へと出ていく。非番の時を共に過ごしたくないと言いかねない勢いだった。

「どうしたんだろう、緑風。私たちと一緒にいるのがいやみたい」

「非番になると、すぐに外へ出てしまって、出仕前の支度まで戻らないね」

「小雪、その煮炊屋ってなに？」

「ひとり者が食事する小屋よ」

「美味（おい）しいの？」

「ここより美味しいご飯を出すのは、御所と土御門（つちみかど）しかないはずだ」

小雪と狭霧は、今まで黙っていた疑問を一気にぶちまけた。

「明らかにおかしいわ、緑風は！　仕事の時と非番の日じゃまるで別人」

「あれは隠し事がある！　次の非番も同じことしたら、つけてみるんだな」

小雪と狭霧の視線が八重に集中する。逃れられない圧の強さだ。

「……え。どうして私が」

「私、陽灼（ひや）けしたくないから」

「京の蒸し暑さは、伊賀（いが）者にはこたえる。筑後（ちくご）で育った八重は暑さに強いだろう」

八重は呆れた。仲間思いのくせに、ふたりともそのあたりはちゃっかりしているのだ。

宿直の夜がやってきた。八重と狭霧は巡回に、小雪と緑風は中宮づきの番となった。

姿を消した女房たちの無事と殺害された者の冥福(めいふく)を祈って、中宮たちは写経をする。賑(にぎ)やかな訪問客も今夜は遠慮して、藤壺の夜は静かに更けていく。

夏の庭の暗がりに怪しい人影はないか、床下に人の気配はないか、と神経を尖(とが)らせて巡る夜の後宮は、昼間に比べると格段に広く思える。

「また明日も、緑風は外へ出たまま帰らないのかな」

八重が呟(つぶや)くと、狭霧がふと言った。

「緑風は弟や妹がいたな。その手合いが都へ来ていないか？」

「……え？」

「菓子や土産をあちこちでもらうだろう。それを緑風は食べてない。畳紙(たとうがみ)に包んで持って帰ってる。ここのところずっとだ」

八重は、玉(たま)の輿(こし)が決まった妹の嫁入り道具にと、盗みを繰り返した楓(かえで)を思い出す。

「家族や親族に何かあれば、緑風は精一杯やるだろう。だから無理をしないか心配」

「するだろうね、緑風は」

「もしも煮炊屋でご飯を食べているとしたら、飯炊きのできない子供か病人を密かに抱えているかも。緑風がひとりで困っているのなら、助けるのは私たちにとって当たり前だ」

話しながらも注意を怠らずにいた狭霧が、さっと身構える。階の下に蠢く影がゆらりと立ち上がる。顔を改めれば、承香殿の女房だった。

「凜花の官の方ですよね」

「いかにも」

「では、この文を緑風さまにお渡しください。近頃、お返事も途絶えがちで……うっ」

狭霧へ結び文を押しつけ、目許を袖で拭いつつ女房は去っていった。

「……今の、何?」

「近頃、緑風の文の返しが遅れているそうで、あちこちからあの手のが湧いて出る」

「筆マメな緑風らしくないね……」

──やはりこれは、尾行しなければ。

かくして、八重は緑風への疑問を幾つも抱えたまま宿直をやり遂げ、装束を解ぐ手ももどかしく慌てて着替えた。

「今日は兄者と出かける約束なんだ」

「ん、よろしく伝えておいて」

狭霧が白ネズミの朝餉と小さな包みを、八重の狩衣へそっと滑り込ませてくる。八重の思惑などお見通しというわけだ。

畳紙の上にちょこりと居座る白ネズミを連れ、八重は一町ほど下ると、神社の境内に身をひそめて緑風の訪れを待った。

「ああ、お腹空いた。でも朝餉を摂っていたら、見逃しちゃうものね」

小雪が持たせてくれた炒り豆を朝靄と分け合いながら、八重はじっとそのときを待つ。友が困っている時こそ助けなければならないと思えども空腹は……。

「炒り豆だけじゃ焼け石に水だね、朝靄。張り番が済んだら、お腹いっぱい食べよう」

「ちゅっ！」

肩に乗った白ネズミに注意を促されて見れば、夜勤の疲れも見せない緑風が早足で神社の前を通り過ぎ、東洞院大路を下っていく。出仕を終えても昇殿している時と変わらぬキリリとした姿は隙がなく、同僚の八重でさえ目を奪われる。

「朝靄、御殿のお姉さまたちが文を交換したがるの、わかるね」

「ちゅー」

どこか浮かれた急ぎ足で、緑風は大路を下っていく。長身ゆえに歩幅は大きく、人影に紛れながら追う八重は一苦労だ。

やがて大路は四条へとかかる。一条から三条までは邸宅が並ぶ屋敷町だが、四条に入ると町の様子もくだけ始め、庶民の家が軒を連ねる。気取りのない生活の匂いが道に溢れ、分不相応な館で暮らす八重は、故郷の家を懐かしく思い出す。

朝餉の時間のため、おのおのの家から煮炊きの匂いが道へと流れ込んでいた。

「この匂いで、もっとお腹が空くね、朝靄」

八重と白ネズミが追跡しているとも知らず、緑風は蘆垣の小さな家の前で身なりを整えると、慣れた足取りで門の内へと入っていった。

「今、帰ったよ」

よく通る声に淀みがない。

──帰ったよって言った。ここ、緑風の家なんだ！

蘆垣の奥からは、味噌の香りと……魚だろうか、焼き物のいい匂いが漂ってくる。

八重のお腹がギュルギュルと鳴った。

──宿直あけで朝餉なしなんて無理。もう耐えられない！

空きっ腹が八重の無鉄砲に拍車をかけた。

緑風が消えた小さな家の戸を力いっぱい開くと、八重は叫んだ。

「緑風、私にも何か食べさせて！」

「……っ！」

緑風が凄い形相で振り返る。そこで八重は目を疑った。

つましい屋内には、狩衣姿の緑風と、市井の女房姿に身をやつした如月がいたのだ。

これから朝餉を囲む炉には根菜の羹が煮え、台盤に魚の包み焼きと水飯が載っている。

「え、え、えーっ！　緑風ってば家族が武蔵の国から来てるんじゃなかったの？」

「……そんなありもしない話を、誰に吹き込まれた？」

「で、でも、どうして行方不明の如月と一緒にいて、ご飯食べようとしているの？」

「それには深い事情が……」

そこで八重のお腹が、事情の説明よりも前に朝餉だと声高に要求する。

「……まずは三人で一緒に朝餉をしよう」

如月の手料理をかき込んで、ようやく八重はひと心地がついた。それから、本来、炊事などしない身分の如月が、中宮に仕えるにあたって料理を学んだと聞いて感じ入る。

「お中臈でも、いっぱい勉強しないと駄目なんだね」

「宮さまにお仕えするのは、誰でも大変ですよ」

緑風へ、如月はうっとり視線を流す。御殿の中での生真面目さを捨て、緑風にすべてを委ねてほどけているように見えた。

「あの……どうして、ここでふたりでご飯してるの？」

八重は緑風の目を見られないまま問いかける。胸がきやきやする。

「八重だって内心はわかっているはずだ。私は如月が好きだから、藤壺から逃げてもらった。ふたりだけで過ごすために」

「好きって、女同士なのに、その……そんな？」

「そういうことだよ、八重。彼女のためならば、どんな無理だってできる。彼女も私のために無理をして、藤壺から逃げた。それが恋なんだ」

緑風は八重の目の前で、堂々と如月の手を握った。友情ではなく、はっきりと恋情を訴える指の添え方に、見ているこちらの頬(ほお)が熱くなる。

「私は子供の頃から、女子にしか興味がないんだ。強く逞(たくま)しい男を見ても格好よい、自分もそうなりたいと思うだけで、好きになるのは女子だけだった」

出仕する前は好意を寄せてくる娘たちと軽い気持ちで戯れもしたが、後宮へ入った後は言い寄るあまたの女性の中から、緑風は如月を見つけてしまった。ひとたび出会ってしまえば、あとはふたりで秘密の恋を貫くだけだった。目配せひとつも人に知られぬようひた隠しにして藤壺へ通い、多くの女官からもらう文には等しく恋文まがいの返しをして煙(けむ)に巻(ま)いてこそきたが、嘘(うそ)をつき通すには限界があった。

誰にも邪魔されずにふたりきりで愛し合える時と場所が欲しかった。飛香舎(ひぎょうしゃ)に閉じ込められた女房の如月と、守護する武官の緑風ではなく、装束を脱ぎ捨てたふたりになって恋に溺(おぼ)れたいと望んだ末の、如月の失踪劇だったのだ。

「恋を知らない八重は、人の心がどれほど不自由かわからないだろうね。男と女の恋だけでも無数に行き違うのに、同性に惹(ひ)かれてやまない恋もある」

緑風と如月が抱える問題は、同性というだけではない。そもそも宮中では、女性同士の恋は黙認されている。だが緑風の場合、大勢の女性から言い寄られているため、如月を護るためにも、絶対に表沙汰にはできなかったのだった。

「八重が、花房さまから刀を借りただけで騒ぎになっただろう。私の場合だって、定めた相手が如月と知れたら、彼女はどうなる？　ひどい虐めに遭うのは間違いない」

「そんな……」

「私に寄せられる文の大半は、他愛ないものではないんだ。単なる友ではなく、恋の相手として誘いかけているんだよ。私が誰かひとりを真剣に愛しているとわかれば、恨みは如月に降りかかる。だから彼女を藤壺から逃亡させた」

かくも苦しい恋を選んでしまう緑風の気持ちが、八重にはわからない。如月と最も近しい友として付き合えばよいのにと、迷う気持ちが面に滲む。

「人を恋うる気持ちに、いかなる恥があるだろうか。花房さまではないけれど、私も如月と一緒にいられるのならば、いかなる無理もするし大嘘だってつく。何より大事なのは、彼女を想うこの心なんだ」

胸に突き刺さるひと言だった。

——私はそれほど真剣に、人を好きになれるのだろうか。

八重だって、章広の笑顔に舞いあがり、三位の君との触れあいで胸を痛くする。だが、いかに彼らにときめきを覚えても、それは正しく恋と呼べるものなのか……。

今の八重には、自分の心がわからなかった。

「花房さまって顔に似合わず豪腕よね。さすが左大臣さまの甥って見直しちゃった」

朝の支度でばたつく部屋で、小雪がいつになく浮かれた声を出す。八重も装束を着せかけてもらいながら、必死に首を振る。

女房・如月が失踪した真相を知った花房は、腕によりをかけた作り話で中宮以下を説得し、如月を藤壺へと戻してしまったのだ。曰く「午睡にまどろんでいた如月は、謎の光に打たれて藤壺を抜け出し、気づいた時には大原野神社にほど近い野に座して、中宮の無事を祈っていた」。姿を消してから気づくまでの間の記憶は一切なく、怪我も汚れもない姿で正気を取り戻した、と花房はいけしゃあしゃあと説明した。

「これぞ神隠しでございます。牛車の事故で詣でられなかった中宮さまを、藤原の氏神が憐れみ、祈り手として如月を召喚したのかと存じます」

何とありがたいと中宮彰子は随喜の涙を流し、如月の失踪は恋の逃避行ならぬ神隠しの陰徳として讃えられた。

「……それを聞かされる私は、冷や汗で池ができそうだ」

緑風は、花房の大胆な嘘に感謝の言葉も見つからない。

百日の間だけ緑風との恋を全うした後、出家するつもりだった如月の決意を知って哀れを催した花房は、大嘘に嘘を重ねて中宮に願い事まで申し出ていた。

「凜花の官の中には、女子としての教養に少々欠ける者がおりまして、九日に一度ほど、如月に教授していただきたいのです」

凜花の館へ如月を貸し出してもらう口実で、緑風との逢瀬をあつらえようというのだ。

「藤壺の才媛と凜花の娘が手に手をとって出家なんて、絶対に許しません」

そう花房は言い切った。大義のためなら嘘も八百。それが蔵人の生きざまだと、八重たちは舌を巻く日々だったのだが――。

「……ん？」

八重は鼻をひくつかせた。袍を身につけた小雪から、甘い薫りがたなびいてくる。スモモの花や果実の香が笑い転げるような、娘たちだけの祭りを彷彿とさせる華やかさだ。

「小雪、いつもの香は？」

「今日から変えるの。あの香は私らしくないし」

「でも凜花の官の決まりだよ」

「皆と同じお仕着せの香はいやなの。私がそこにいるってわかる香でなくちゃ」

小雪を諌めようとするも出仕の時間が迫り、八重はもやもやしたまま後宮へと入った。

彼女が焚きしめた新しい香は、薫りに敏感な女房たちに、すぐさま嗅ぎつけられる。

「まあ、なんと愉しい薫りを小雪は召していること」

「凜花の他の者も、思い思いに楽しめばよいのに」

中宮の母屋を訪れていた一条帝も、小雪の薫りを聞きつけて心を遊ばせていた。

「春の終わりから夏まで、果樹園を一気に駆け抜けた風が、この藤壺へ遊びにきたのかと思うたぞ」

「小雪には本当に似合っております」

主上と中宮にもいたく褒められて、小雪の鼻は高かった。

しかしそれもわずかな間で、一条帝から小雪の件を聞いた花房は、白い貌を強ばらせて藤壺を訪れた。

「小雪、今日はもう下がりなさい」

中宮女房が居並ぶ母屋で、ひとかけらの笑いも含まない花房に命じられ、小雪のこぢんまりと整った面は引きつった。

「なぜでしょうか？」

「あなたは凜花の官の規則を破っているね。それを改めない限り、出仕は止めます」

「花房、小雪が何か悪いことでも？」

中宮の問いかけに蔵人は折り目正しくこたえた。

「説明には及びません。悪いと知りながらやったのですから、本人が本気で反省するまでは、出仕させません」

小雪は即刻、館へと帰らされ、不快そのものの表情で、花房は清涼殿（せいりょうでん）へ引き上げようとした。小雪に言い訳ひとつ許さなかった花房に今までの寛大さは微塵（みじん）も見えず、まるで別人だと感じた八重は、去りかけた人の袖を捕まえた。

「花房さま。どうして小雪を、中宮さまたちの前で怒ったのですか？　これまでの花房さまだったら、そのようなことはしませんでした」

「小雪が自らの意志で香を変えたからです」

「花房さまは、私が失礼な態度を取っても、刀をなくしても許してくれました。狭霧が間違っても、楓がしでかしても、緑風が掟（おきて）破りな無理をしても、庇（かば）ってくれました。どうして小雪だけ駄目なんです？　たかが香ではないですか」

「たかが香ではなく、支給された〝凜〟の香だからです」

花房は八重を控えの曹司へ引っ張っていくと、床に座らせた。

「〝凜〟の香は、たかが洒落（しゃれ）心のために与えたわけではありません。あなたたちが凜花の官である証（あかし）だと、最初に言ったはずです」

後宮の住人には護られている安心感を与え、害なす者には守護する武官がいると知らしめるために、花房は凜花の官全員に同じ香を使わせていた。大切なのは、凜花の官の存在感なのである。

「ところが小雪は、主上のお目にとまりたいと、特別に香をあつらえました。それも、中宮さまがお使いの奥ゆかしい薫りを知りながら、殿方が振り向かざるをえないほどの魅惑的な薫りをぶつけてきた。そのような心持ちの者に、凜花の官は務まりません」

「小雪に悪気はないんです。自分らしい薫りを使いたかっただけで」

「凜花の官に個性は必要ありません。あなた方は皆、個性的でかわいいけれども、ひとたび任に就いたら、凜花の官としてのみ存在してもらいたい。それに、主上のご寵愛を得ようと欲するのは後宮の和を乱すこと。充分に悪気ですよ」

「花房さまの……」

八重の中で抑えきれないものが膨らんでいく。楓や緑風の不祥事を隠蔽するためならば左大臣や中宮も平然と謀るくせに、どうして小雪の夢にだけ不寛容なのだろう。

「……花房さまの石頭っ！」

「なっ」

「小雪が言ってた。後宮へ上がったからには、帝のご寵愛を欲しがるのが、女子の当然の夢だって。夢くらい見たって罰は当たらないはずだ。出仕の停止を解いてください」

「ただではいやですね」

蔵人は顔色も変えずに太刀をすらりと抜いた。

「それでは真剣勝負といきましょう。一本取ったら、小雪の不心得を許して、すぐにでも復帰させてあげますよ」

花房は、八重が勝てないと頭から余裕の態度だ。小雪の願いごとが笑い飛ばされた気がして、八重は勢いよく刀を抜くと構えた。

「私が勝てば、今すぐ小雪を呼び戻してくれますね」

「いいですよ、勝てればね」

「やめろ、八重！」

緑風と狭霧の制止は、八重の耳には届かない。

「小雪の出仕停止を、すぐさま解いてくださいっ！」

大きく振りかぶって突進した八重の太刀を、花房は下から難なく掬って弾き飛ばした。

造次顛沛の出来事だった。

「あ……」

信じられないほどあっさりと負けた八重に、花房は厳しさと優しさがない交ぜの声をかけた。

「友を思う心は貴い。けれども私心です。私が主上と後宮の方たちをお護りしたいと願うのは、おのれを捨てた平たき心。どちらが強いかは、おのずと知れよう」

「友を思う心は、私心……」

「友のために泣いて怒るあなたの心ばえは美しい。だからこそ、もっと心を大きくもって私心を捨ててほしい。それでこそ後宮の和は保てるのですよ。官たる者は私欲に溺れてはいけない。だから私は、小雪を叱らねばならなかった。わかるかな？」

「はい……」

「八重も今日は下がりなさい。あとの仕事はわかるね」

「はい、花房さま」

　刹那の立ち合いで剣に託された心を、八重もしかと受け取り、館へと戻った。

　曹司では、腐りきった態度で小雪が『枕草子』の頁を繰っていた。

「先の中宮・定子さまには少納言という女房が仕えていて、『枕草子』という随筆をしたためたの。それはそれは面白い随筆なのだけど、今の中宮さまの権勢の前に、表だっては読まれなくなってしまったのよ。優れた作品なのに残念な話ね」

「小雪？」

「先の中宮を今の中宮さまが追い落としたから、少納言も宮中から姿を消してしまったのですって。今の中宮さまは、決して褒められたものではないわ」

「かもしれない。でも、小雪が自前の香を使っていいわけじゃないよ。あの香は捨てて、今まで通り、もらった香を使って」

　八重の言わんとしていることを、小雪もとうに知っていた。凜花の官は誰かひとりが特別に目立ってはならず、ことに主上の目には女性として映ってはならないのだと。後宮を護るには女性ではなく、単なる武官として近侍しない限り、復帰は望めないとわかっているのだ。

「なぜ私が、主上のお目にとまってはいけないの？」

目端のきく小雪は、後宮へ昇殿した初めの日から、四人の后を見切っていた。左大臣家の勢いで中宮におさまっている内気な彰子。右と内の大臣家出身というだけで参内している元子と義子。後ろ盾の父親を亡くし、宮中の誰からも見限られている尊子（そんし）。

いずれも一条帝が心浮き立つような〝恋〟の相手ではなかった。

噂（うわさ）によれば、今は亡き定子だけが若き日の帝に、めくるめく恋の日々を与えたという。

――どの后も主上を満足させられないのならば、私が……。

取って代わろうという望みは、たった一度、新たな香をまとったことで嗅ぎつけられてしまった。ぼうっと穏やかな彰子は気づきもしなかったが、花房のみならず、勘の鋭い女房たちは同じく警戒し始めたに違いない。

小雪の可憐（かれん）な姿にふさわしい香は、宮中の思惑で禁じられたものとなった。

「八重。私が主上の眼差（まなざ）しを欲しがったのは、父や兄弟たちの出世のためだと思う？　栄耀栄華（えいようえいが）のためだけだと思ってる？」

小雪は例の香を箱から出し、春と初夏の果樹園の風を閉じ込めた壺（つぼ）の薫りを聞いた。

「出仕する前は、出世のことしか考えていなかった。でも実際にお会いしたら、主上はお優しくて傷ついていらして……私がお慰めしたいと思ったの。変な話かしらね」

いかに臣下にかしずかれていても、その大半は実権を握る道長の顔色を読んでなびき、主上へ穏やかに接する彰子もまた、道長の道具として後宮へ入っているに過ぎない。絶対的な権力者・道長の前にあって、一条帝はお飾りとして玉座に祀られているだけで、誰も人としての彼を愛し必要としてはいない、と小雪は深く同情した。

「今のままの主上はお可哀想に過ぎる。だから私が傍にいて、少しでも幸せにしてあげられたらと思って……」

小雪は塵箱へ香壺を潔く捨てた。

「これを持っている限り、主上にお会いできないでしょう。ならば捨てる」

「小雪……」

「香なんかなくても、私の気持ちで主上を振り向かせてみせる」

揺るぎない決意に、八重は友が真剣に主上を恋い慕っているのだと知った。たとえ后が何人いても、身分が隔たっていても、小雪は恋と気づいた気持ちを恥じてはいない。それどころか誇らしげだった。

愛しい者のためならばいかなる無理もする——。

緑風、そして小雪。友の蹶然とした振る舞いを目の当たりにした八重は、気まぐれに揺れるだけのおのれの心は幼いのだと、改めて気づかされた。

第五帖　花の舞

七月七日は宮中の暦では秋である。

いまだ暑さは冷めやらぬが、衣更えで素材は薄くとも色目は秋のものへと一気に替えていく。当然、室礼も秋の風物を取り入れ、気持ちだけでも涼を先取りしようと宮中は景色を塗り替えていた。

七月七日は「七夕」の星祭り。夕刻から始まる女性が裁縫の上達を祈る祭り「乞巧奠」が宮中儀式の中心となる。

清涼殿の東庭に高机を四脚立て、果物や豆、魚介類といった山海の産物と、香炉、五色の糸をより合わせて貫いた金銀の針を供え、針仕事の巧みを願う。

その後、牽牛と織女の星ふたつが天空で巡り合ったと帝が確かめて、詩歌管弦の宴へとなだれ込む。

——私もいつか衣を仕立てて、着てもらえるのが嬉しいと思う日がくるのかな。って、まず誰に……？

帝近くに控える侍従の列から、章広だけが浮き上がって見えて、八重は慌てて頭を振る。望むべくもない相手だと、何度も自分に言い聞かせる。

祭りが終わり、管弦の宴が始まった。酒肴が配され、秋の夜空を飾る牽牛と織女の二星を眺めながら、今宵はかなわなかった恋、あるいはまだ想いの通わぬ恋について語り明かそうと、貴族たちは艶めいた空気を醸している。

「今宵は主上のお召しで、三位の君が詠うそうですぞ。それも頭を取るようで」

「あちらこちらに織女を置き去りにしている三位の君が、牽牛とは。これは一年かけても回りきれますまい」

宮廷雀の囀りも歓迎とばかりに、三位の君は庭の舞台に座した。

笙・篳篥・龍笛が一管ずつの緩やかな伴奏を従えて、雅楽の旋律をつけた漢詩を詠じる朗詠は、格調高い歌として重んじられている。

『二星たまたま逢えり　いまだ別緒依々の恨を叙べざるに』

『五夜まさに明けなんとす』

『頻りに涼風颯々の声に驚く』

自信に満ちた朗々たる声に、年に一度の逢瀬の悦びと、あっという間に夜が明ける別れの辛さをのせて、三位の君は恋の哀切を詠う。

——はあ〜っ、神様のお使いの声って感じだなあ。

宴の一同を痺れさせて朗詠は終わり、八重の耳の底には美しい歌声ばかりが残った。

乞巧奠の祝宴も鎮まった夜半、後宮の簀子を巡回していた八重と緑風は、彼方から女性の悲鳴を聞いた。

「あれ、妖しのものが！」

「藤壺の方角だ！」

ふたりが渡殿へ差し掛かると、藤壺の庭に人魂が踊っていた。腰を抜かす女房を脅す燐火は、八重と緑風が刀を抜いて迫ると、あざ笑うように宙空をフラフラと舞う。

「悪しき者だな。この先一歩たりとも通さぬ！」

八重の太刀の前で人魂が揺れる。緑風が蒼白い軌跡を読む。

「字を書いてるな。し、れ、も、の……痴れ者だとおっ！　おのれ斬ってやる」

緑風が振り回す太刀の切っ先から逃れた人魂は、蒼白い尾を引いて南西の空へ消えていく。虚空から響く乾いた笑い声が遠ざかっていった。

七夕の夜から連日、夜半になると人魂が飛び交うようになった藤壺の噂を聞きつけ、貴族たちは「祟られている」と囁くようになった。誰もはっきりとは言わぬが、道長に追い落とされた先の中宮・定子の怨霊が訪れたと、人々は妄想をかき立てられ、夜毎の騒動に疲れた彰子と数人の女房は、ついには心労のあまり寝ついてしまった。

「凜花の官も、さすがに怨霊相手では歯が立たぬか」

花房から事情を聞いた道長は、彰子の殿舎に夜な夜な出るという人魂が定子の霊だという噂に気を揉んでいた。我が娘を中宮にするため権謀を重ねて姪の定子を追い落とし、失意のうちに早世させた過去には忸怩たるものがある。いかに定子の遺児・敦康を可愛がりはしても、後味の悪さは消えるはずもなく、ましてや恨みの果ての怨霊襲来では、彰子ばかりか道長さえも生きた心地がしない。

そこで道長は、陰陽師を密かに藤壺へ招き、怨霊を鎮めようと差配した。

陰陽寮から暦博士の賀茂光栄とその従弟の武春が訪れた。彰子の母屋を見舞った光栄は鬱陶しげに部屋の四隅を睨んだ。

「遠隔で式が伏されています。どうやら数人がかりで日がな呪詛を続けているらしい。闇で稼ぐ法師陰陽師が結託して、大がかりに仕掛けていますな」

陰陽寮に属する官人の陰陽師は帝と国家のために動くが、モグリの法師陰陽師の場合、神を拝まず金を拝むとまで言われ、基本的にはよからぬ呪詛を生業としている。

「後宮の外回りに一重、藤壺の周辺に二重、この母屋へ三重、そして御帳台へ四つ目と四重の結界を張りましょう。そして今回は特別に、生ける式神を使います」

「……生ける式神？」

陰陽師・光栄は、狭霧と八重を交互に見やった。

「おふたりの間に、白いネズミがおりますな。このネズミを式に立てます」

「待ってください！　朝靄をここへ連れてきたら、猫の餌食に！」

「式神の任を負ったネズミを食べようなんて猫はいませんよ」

　それから光栄は、連れの武春と共に四重の結界を設け、中宮たちには安心するように告げた。これからの夜は悩みなく眠れると繰り返す言葉は、八重には呪文に聞こえた。

　安堵する中宮と女房には穏やかな波動を伝えて母屋を退室した陰陽師だったが、控えの曹司に入るや笑みが掻き消えた。

「幾重もの結界で霊的な護りは固めました。あとは生身の攻防です、凜花の官の方々」

　女童が唐菓子を入れた籠を運んできた。陰陽師がフッと気を送ると、白いネズミが籠の脇にぶら下がって現れ、チュッとひと鳴きする。八重は目を瞠った。

「今、朝靄をどこから出しました？　突然、出ましたよね！」

「これくらいの召還、大抵の陰陽師はできますよ。これからこの朝靄は生ける式として、藤壺の結界を守ります。結界が破られそうになれば自ら戦い、あるいは私に報せてくれます。だからあなたたちは生ける敵にご注意を。必ず殿中へ乗り込んできます」

　藤壺へ乗り込んでくると予告され、八重も他の娘たちも固唾を吞んだ。斬り合いから逃れられない事態もありうるのだ。

　暦作りとは別に、人知を超えた力で都を護っている陰陽師たちが、実はまだ何か知っているのではと小雪(こゆき)は探りを入れた。

「陰陽師さま、結界って怨霊が入れないようにする術ですよね。そして朝靄を、不思議な力でここへ呼ばれました。もしかして、この騒動の首謀者もご存じなのでは」

「いいえ、確かなことは何も言えません」

見るからに勘のよさそうな小雪を警戒して、陰陽師は言葉を選ぶ。

「これほど大がかりな呪詛を行えるのですから、事件の首謀者は大物です。それも隠術を用いて、依頼人の姿形や名前を消して呪(じゅ)を放っている」

「本当は陰陽師さま、誰の仕業かわかっているんでしょう」

事件の首謀者を特定したいと八重が焦れば、陰陽師はピシリと押さえた。

「時にかなわなければ事はなりません。焦りは禁物。相手が動くまで待つのです」


翌日の朝餉(あさげ)のあと、非番の者と午後以降出仕の宿直(とのい)の番は、揃(そろ)って左近衛(さこのえ)の剣術道場へと連れていかれた。徹夜あけの者にはまさかの稽古(けいこ)だが、花房が有無を言わさずに引っ張っていく。

「上手(うま)い剣になどしなくていい。ためらわず斬れる剣に仕上げてください」

頭を下げる花房の研がれた気に、近衛(このえ)の武官たちの表情も引き締まる。

「以前、毒蛇を投げ込もうとしたのは子供だったが、次に来る襲撃者は手練(てだ)れの大人。それも至近距離から狙ってくると思う」

　厳重な警備の垣を正面から突破しての暗殺は不可能に近い。ならば、なんらかの手段で内部から中宮へ接近してくるだろう。そのとき、護る側に迷っている時間はない。考える前に斬り捨てる早さと強さが必要だった。

「特に問題なのは八重だ」

「え、私？　前は『椿の舞』を褒めてくれたじゃないですか！」

「剣術の型としては面白かった。初めて見る者の肝も潰せるだろう。けれども次に対峙するのは、殺意しかない暗殺者だ。単純な動きでは簡単に封じられてしまう」

　花房に指名された武官と、八重は向かい合う。

　相手は八重が動くのを、じっと構えて待っている。こちらから仕掛けようと八重が『椿の舞』の動きを始めて間合いを詰めていくと、相手は同じだけ引いて詰めさせない。押し引きがしばらく続き、フっと相手が動いた。次には八重が移動する先へ回り込み、力強い一打を一気に押し込んできた。

「あっ！」

　あえなく胴をはらわれた八重に、花房は冷徹に告げた。

「巧者には見切られて、先回りされるのが八重の弱点だ。どうしてだかわかる？」

「動きが遅いからですか？」

「違う、単調だからだ。八重は椿を一つの円として捉えている。だから同じ弧を描いて動く。でも実際の椿を想像してみればいい。八重の椿の花びらは一枚一枚、違う弧を描いているよね。あの弧を剣の切っ先で描くといい」

「切っ先で、八重の椿を描く……ですか？」

「それはこれから自分で見つけていく型かな。あとはもうひとつ。彼が近頃編み出した抜刀の術だ。この早討ちのワザを身につけなさい。考える前に斬れるように」

八重の動きを見切った武官は、座った状態から立つまでに刀を抜き、立ち上がった時にはすぐに斬る体勢に入れる〝居合〟の術の原型を考案していた。

「立って振り返ってから刀を抜いていては、間に合わぬ。だから立ちながら振り返りつつ抜いて、向き直った時には斬り下ろせるよう、このように動く」

武官が見せてくれた早業は、動作に〝止め〟が入らない。一連の動作が一筆書きとなって、立ち上がった時には攻撃の一手が出ている。

「この動きを覚えてください、八重殿。そうすれば迷う暇なく敵を斬れる」

斬ることを恐れずためらわない身体を作るため、武官は早拍子で動く術を飽くなき熱さで教え込んだ。迷わぬことが生き延びる道だと身体が覚えるように。だが――。

剣術の稽古が終わってからというもの、八重は悩み続けていた。剣の切っ先で八重椿の花弁を描くように動けと花房は要求してきたが、どうしたものか皆目見当がつかない。

「名前は八重だけど、剣持って八重椿になれなんて注文、難しすぎてわかりませんっ」

煮詰まった八重が部屋をうろつき回っていると、うるさがった小雪が椿の絵を描いてはどうかと提案してきた。八重椿の姿を具体的に思い描けば、手がかりが掴めるかもしれないというわけだ。

ところが、絵筆を持つと八重の混乱はますますひどくなった。紙の上には、椿とは似ても似つかぬ歪な渦巻きがぐるぐると描かれる。八重のあまりの絵心のなさに、三人は同時に吹き出す。

「うわあ、壊滅的に下手！」

「足で描いたの？」

「これなら朝霧に描かせた方がマシだ」

「ひどい！　そんな言い方……」

四人が大騒ぎをしているところへ、涼しげな声が割ってはいった。

「愉しそうだね。何をそんなに騒いでいるの？」

「章広さま！」

館へ勝手に上がり込んできた御曹司に、少女たちの騒ぎはぴたりとおさまる。

八重が絵の練習をしていたと知り、章広は器用に八重椿を描いてみせた。

「これを手本に上からなぞるといいよ。私も幼い頃、そのようにして習った」

すべてが軽やかで、八重たちはポカンとするしかない。他人の庭でも館でも屈託なく入り込み、嫌みなく好き勝手する彼を「いたずらな風」に喩えることしかできない。

「八重椿は表情豊かな花だから、見る角度で顔がまるで違う。怒ったり笑ったり驚いたりと忙しい八重どのと同じかな」

「……私、そんなにせわしないですか」

「退屈しないね。兄上もいたく気に入っておいでだ。お珍しい」

それから章広は、中宮のもとで式神の働き著しい中納言の朝霧が、七殿五舎中の猫に慕われている話を好きなだけ語ると、満足して帰っていった。

「……自由な方だなあ」

それでも章広が描いてくれた八重椿の線を指でなぞれば、八重の心のうちで椿が一輪、また一輪と花開いていく。故郷の野山に咲き乱れた椿が、心を埋め尽くしていく。

──あの山もこの林も、お日様をくまなく浴びて、椿が思い切り咲いてる。

一輪たりとて同じ花はない。その花のすべてを思い出そうと八重は記憶の花影を追った。

「今日は坎日でございますれば、終日静かに過ごすとしましょうか」

陰陽師・光栄が結界を張り、更には白ネズミの中納言・朝霧を式神としてつけられたことで安らぎを得た彰子は、床を払い、普通に暮らせるまでに回復していた。

坎日は陰陽道での凶日にあたるため、来客もなく、外出もしない。上臈中臈を取り混ぜて歌合わせに興じる中宮彰子は、時に朝靄が左右の歌の優劣を先に判じてしまうと困って微苦笑を浮かべている。

「中納言は勝つ歌が詠まれると、床を転がるのですよ」

他愛のない会話に相槌を打つ凜花の官だが、中宮に仇なす者の次なる攻撃をじっと待ち受ける身はつらい。しかし、相手が動き出さねば捕まえて黒幕の名を白状させることもかなわず、焦れる日々が続いた。

――本当はこのまま何も起こらなければ、それに越したことはないのだけれど。

もやもやとした気持ちのまま、八重はそう思う。

だが、行方不明になった女房の行方や、殺害事件の咎人は何としても突きとめねばならない。牛車の事故を目論み、侍童を手先に暗殺を試み、高度な呪詛まで仕掛けた者の目的は、中宮彰子と道長の排斥だけではないかもしれないのだ。

花房が有耶無耶にした幾つかの事件とは別に、解決すべきことは残ったままだった。

母屋の歌合わせから隣の廂へそろりと逃げた八重は、懐から取り出した八重椿の絵に指を添わせた。章広が迷いもせずに筆を走らせた、柔らかで笑いを含んだ線。花びらをなぞって、輪郭を身体に染みこませていく。

——花びらを剣で描く……しなやかで読み切れない、この線を。

舞も剣も基本は同じ。稽古を繰り返し、身体に覚え込ませるしか上達の手はないのだ。

椿の絵をなぞって目を瞑る八重の傍らに、音もなく小雪が寄り添っていた。

「その椿の絵、まるで八重の護符だね」

「うん。この絵が、私の剣の手がかりだと思ってる」

「多分、章広さまは剣術の稽古で、花房さまが何を要求したか知った上で、その絵を描いてくださったと思うよ」

八重はハッと顔を上げた。

「ぐちゃぐちゃの渦巻きを見て、いきなり八重椿のお手本描くわけないでしょ」

気まぐれな風を吹かしていると思ったのに、御曹司は思いのほか気遣ってくれていた。

「宮さま、そろそろお食事にでも」

歌合わせを切り上げるように促す中宮の乳母の声がする。

八重は椿の絵を懐の奥深くしまうと、母屋へと戻った。台盤所の女房たちが、中宮と上臈たちの食事を運び込んでくる。

彰子は皆が見守る中でただひとり食事を摂るのを好まず、上臈たちと共に食事をするのが習慣だった。齢十二にして帝へ嫁した中宮にとって、女房たちは母の代わりであり、姉も同然だったからだ。

「宮さま、まだ暑うございますが、たんと召し上がって精をつけませぬと」

焼きたての鮎と味噌を添えた焼き茄子が、中宮らの台盤に運ばれてきた。

「鮎が、まことによき薫りです」

「こちらの瓜はお身体の熱を取りますれば、ぜひとも」

薄い塩で煮て冷やした冬瓜の椀を、下﨟が中﨟の如月へと手渡す。

「…………？」

配膳の下﨟の顔には見覚えがなく、八重はうつむき加減のその女性の顔をじっとのぞき見た。八重の視線を浴びて、彼女は上目遣いながらもにっこり笑って返してくる。

そのとき、八重の喉元を冷やっとした風が通り過ぎた。

にこやかに笑い返してきた下﨟をもう一度見れば、笑みは凍ったように張りついたままだった。雪の中で凍えて咲いている花を思わせる笑顔だ。

──愛想笑いじゃない。もっと気持ちが悪い……。

深く考えるより前に行動してしまう八重は、新顔の下﨟にいきなり問いかけた。

「新しい人？」

如月が説明するには、昨日、台盤所で働く下﨟たちがこぞって食あたりを起こし、急遽助けに入った野菜売りの女だという。

「ひとりで何人分もの働きをしてくれて助かりました。野菜を切る時も、包丁の刃が見えないほどの速さで驚きました」

「それは、野菜が商売のものですから」

小声で言い添えた下﨟の言葉の底に、八重はまた違和感を覚える。

「まことにすまないけれども、そこの瓜を一口試してみてもいいかな、如月」

「え、八重が？」

「台盤所で食あたりが出たのならば、このように冷やしたものは心配だから」

有無を言わせぬ八重の強さに、如月が訝しみながらも瓜の冷製をとりわけた。八重は口に含んだ瓜を舌の上で転がし、ゆっくりと歯を入れていった。芯を残さずにいながらしゃっきりと煮上がった瓜の果肉の奥に、かすかだが苦みがあった。

――ワタの味じゃない。ワタはきれいにのけてある。

八重は苦みを感じた箇所を舌で探った。

「どうしました、八重？」

瑞々しい冬瓜に塩の滋味が加わり、注意を払わなければ気づきもしないだろう苦みと、灰汁ではない何かがチクチク刺す痺れを感じる。

八重は冬瓜を椀へ吐き出すと、新顔の女官に鋭く発した。

「この椀に、いったいなにを……っ！」

すべてを言わせる前に、見慣れぬ女官は手近な台盤をひっくり返し、すぐさま母屋を逃げ出した。

「緑風、狭霧っ、その人を捕まえて！」

簀子で戸外を警戒していたふたりが、逃げる女の行く手を塞いだ。

「なるほど、見覚えのない顔だな」

緑風と狭霧が太刀を抜くと、女も懐剣を取り出し逆手ではなく順手に構えた。

「見なよ緑風、手練れだぞ。女子が順手で剣を持った」

「なんのこちらは刃が長い分、利がある」

緑風は身構える女に刃を向けた。

「その様子では、言い訳する気もないか」

殿舎から飛び出した八重と小雪が、足止めを喰らった女に追いついた。

「彼女、中宮さまの膳に毒を仕込んでたっ」

「蛇毒の次は膳に毒か。非力な子供や女子には、格好の武器だな」

緑風の憎まれ口に反応し、女は太刀の刃の内へ飛び込むと懐剣を閃かせた。

「おっと失礼。刃物も使えるんだね」

迷わずよけた緑風の横顔からは、余裕の色は失せていた。

「緑風、斬り捨てちゃ駄目よ。今回は生かして捕まえないと！」

小雪の忠告に、狭霧がぼそりとこたえる。

「そんな悠長なこと言ってると、こっちが膾にされる」

事実、女は遣い手だった。短い懐剣でも相手の懐の間合いに飛び込んできては、後ろへ飛びすさる。凜花の官の四人が間合いを詰めようとすると、ひらりとかわされる。

——前後左右に自由に飛んで、まるで蜘蛛だ……。

しかし四方を囲まれては、手練れでもジリジリと追い詰められていく。ことに緑風と狭霧は最初から斬ることに迷いがなく、正眼に構えているのだ。

「刃を収めるのなら今のうちよ。全部話してくれれば命までは取らないから」

小雪が説得にかかると、女は短剣で応酬する。

「やだもうっ、そういう態度じゃ長生きできないから！」

次第に包囲の輪を狭められた刺客は、突破できる一点を探して、八重に目をとめた。

——私を倒して逃げる気だ！

八重の柄を握る手に力がこもる。中宮の毒殺をはかった者を許してはおけない。

「おい暗殺者、一番ユルそうな八重を倒して突破しようなんて卑怯だぞ」

「緑風、変な混ぜっ返しを入れないで。その人、最初から卑怯なんだよ」

言った途端に、この女は何をよすがに暗殺を試みたのか、八重は不思議になった。

気持ちの乱れを察した女が、すかさず懐剣を突きだしてくる。

「うわっ！」

からくも逃れた八重は、喉元をかすった風に感傷を捨てた。

――これを野放しにしたら、大切な人たちが傷つく……そんな真似(まね)はさせない！

八重の脳裏に、筑後(ちくご)の椿の森が真っ赤にひらけた。

八重の椿が風に揺れ、呼びかけてくる。

『舞え舞え八重が、椿の娘。そよぐ花びら刃に変えて』

内なる花が舞えと言う。内なる歌が斬れと命じる。

八重はゆっくり回転し始めた。刃先で宙空に八重椿の花弁を描き出す。章広に絵をもらった時から常に追いかけてきた椿の面影が、刃先からこぼれて銀の花になる。

「なっ、何をしようと……」

たじろぎながらも暗殺者は、八重を倒そうと懐剣を胸元に引き寄せた。

「お前ごとき小娘になぞっ」

凄(すさ)まじい速さでこちらへ突っ込んでくる暗殺者の刃先を八重は視界に捉える。

――逃げ切れない、相討ちか⁉

諦(あきら)めに貫かれたそのときだった。やにわに、宙から湧き出た白ネズミが凄まじい勢いで八重の肩に墜落してきた。

――……っ！

信じがたい重みに肩を押されて、八重は低くかがんだ。女の刃先が頭上をかすめていった。風が虚空を切り裂く。八重の肌に、殺意が見えない爪を立てる。

八重の胸の内を、森の椿の花が次々と首を落としていく幻が駆け抜けてゆく。赤い花が土砂降りのごとく降り注いで、地面は深紅に染まる。

赤い花の海の彼方から大きな波が湧き起こり、八重を押し流していく。燃えるような花の奔流が、八重の全身を跳ね上がらせた。

「えいやあああああっ」

立ち上がっての振り向きざまに、八重は暗殺者を一息で斬りあげた。刺客は外した刃の向きを変え、再びの攻撃を仕掛けようとしたまま、動けなくなった。

「なっ、なぜその体勢で……」

「私が斬ったんじゃない。椿の花が、大切な人を護ろうとして」

「大切な人なんて……お前は、そんなお伽噺を信じている……の、か……」

そのまま息絶えた暗殺者は、何の手がかりも残さずに逝った。八重はもの言わぬ骸となった女を黙って見つめ続けた。

——朝靄が助けに来なかったら、こうなっていたのは私のほうだった。

もとより神がかっていた白ネズミを、陰陽師が生ける式神に仕立てたのは、今日この時を見越していたせいだろうか。

八重は、命の瀬戸際で暗殺者を斬った実感がまだ湧いてこなかった。

椿の花の幻が膨れあがって、幾多の者を護ったとしか思えない。

立ち尽くす八重の頬（ほお）を、自覚のない涙が伝っていった。


藤壺に入り込んだ暗殺者を生け捕りにできず、隠謀の首謀者が突きとめられなかったと道長は歯がみをしたが、凜花の官の無事を花房は何より喜んだ。

「事件の全面解決よりも、あなたたちが大事なのです……。一日も早く事件を解決して、あなたたちを親元へ無傷で返すことが、私の望みです」

涙を浮かべる麗しい蔵人（くろうど）は、隠していた本音を吐露した。任務の名の下にうら若い娘たちを渦中へ引きずり込みたくはなかったのだ。

それから数日後、行方不明になっていた数人の藤壺の女房たちが、ひょっこりと都へ姿を現した。夜明け前、大内裏（だいだいり）の正門にほど近い場所に、夢うつつの状態で座り込んでいるところを発見されたのだった。

彼女たちは一様に差出人不明の文をもらい、そのやり取りの中で、見も知らぬ相手に心引かれ、ついには初対面の約束をした場所へ向かったところで攫（さら）われたらしい。気づけば山奥のこぢんまりとした館にいて、逃げ出すこともかなわず、また大切に扱われ、心細くはあっても不自由のない暮らしを送っていたという。

薫りよき香の焚（た）かれた山荘で、躾（しつけ）のよい使用人に世話をされ、歌を詠み書を読み、箏（そう）の琴を奏でて過ごした無為にして平和な日々だったと、女房たちは口々に証言した。

そして不思議なことに、彼女たちを呼び出した文は、亡き名歌人の紀貫之の手に酷似していたという。

「私たちは、紀貫之さまの棲まう仙境で暮らしていたのかもしれません」

暗殺者の死と、失踪していた女房たちの帰還の後、藤壺の騒ぎはぴたりと収まった。


左近衛府の詰所で行われた朝議の後、右大臣・顕光は甥の三位の君と共に、紫宸殿の庭を散策していた。儀式や様々な行事に用いられる広い庭は、左近の桜と右近の橘以外は見るべき樹木もなく、ここをうろつき回る者の大半は考え事をしているか、歩きながらの密談を交わすかのどちらかである。

「……典広、例の話は考えてくれたか」

右大臣は、遊び人の弟が遊興に耽って宮廷人の地位を捨て、その息子たちが半ば孤児の状態で宮中にいるのをよしとしなかった。そのため甥ふたりを、おのが養子にしようと持ちかけたものの、三位の君は明答を避けて今日まで至っていた。

「よくよく考えまして、お話を受けようという心持ちになりました」

「そうか、私の息子になってくれるか」

家柄だけの無能な右大臣と侮られて久しい顕光は、上卿にひとりでも味方を増やしたいというのが偽らざる心情である。そして、政治に興味を抱かない優秀な甥を抱き込みたいと必死であった。

「知恵者のそなたが傍にいてくれれば、なんとも心強い」

上機嫌で朝堂院へ引き上げていった右大臣を見送り、三位の君は今や人が寄りつかずに荒れている殿舎・豊楽院へふらりと足を踏み入れた。

「蔭に日向によく使える女武者だったが、しくじりましたか……」

靴にまとわりつく埃の塊を音もなく払いのけながら、三位の君は四条の河原でかけられる申楽を眺めていた隙をつき、誘いの声をかけてきた女を偲ぶ。

――「右の府にいと近き若君さま、我らと共に、望みをいだきませば……」

内裏の汚泥に徒花として浮かれ咲くと、自らを蔑んでいた若き公卿・典広は、女の声が抱く闇に和した。

――「私ごときに天下を取らせんと、そなたの里の者は言うか」

渡来系の人々が開いた里は、朝廷へ税こそ納めども、自治権を認められた上での共存共栄を望む向きには事欠かなかった。そのひとつが伊賀であり、またほど遠くない里の甲賀であり、他にもあまたの里が武力を密かな売り物として蔭商いを行っていた。

その一派に取引を持ちかけられた三位の君は、日蔭の身と諦めていた里の者にとっては「唯一の太陽」となった。彼のために、汚れ仕事を厭わぬ人々が内裏と後宮へ身をやつして入り込み、任を潰えて命を落としても、恐れもしないで後に続いた。三位の君が自身の立身出世よりも、日蔭の身である山里の人へ真に心を添わせたからであった。

――「私が左府をしのげば、民の嘆きは減るか。民は笑うか」

幼くして母を失った三位の君は、宮中で「お人好しのアレ」と笑われる伯父の右大臣の引き立てにより、どうにか対面を保っていたが、その実は「もののの哀れ」と「人の痛み」を誰より知っている、貴族らしからぬ上卿でもあった。おのが権勢よりも先に民への情が勝り、道長の政権を奪い取ろうと思い立って今に至る。

「貫之が似た筆の文に惹かれて心揺るがすとは、中宮の周りも軽佻なものよ」

中宮彰子は、紀貫之直筆の『古今集』を嫁入り道具として宮中へ持ち込んでいた。その手を見知った女房たちの幾人もが、謎の文の頼むがままに宮中を抜け出し、あるいは通用門を開けて、数々の犯行を自らの意志で助けていった。

「貫之の幻に頼るのもここまでか。今からは私が女御・元子殿の弟。せいぜい姉上にはお励みいただき、皇子をあげていただかねば」

若くして実父の後ろ盾を失った三位の君は、伯父の右大臣すら頼るには弱いと、はなから見限っていた。彼が出世の足がかりにと目したのは、女御である従姉の元子だった。

元子が皇子さえ出産すれば、外戚として権力の中枢に居座ることも可能となる。そのためにはまず、帝の関心を独占する中宮彰子を後宮から排除せねばならなかった。

謎の流産事件が起きて以来、元子は後宮よりも里での暮らしを好むようになっていたが、典広は伯父の右大臣を焚きつけ後宮へと戻した。中宮以外の后ふたりは、主上が好まず、夫婦としての交流は形骸化している。あとは主上が中宮を召さないよう、心身共に弱らせて、その隙に元子の懐妊をと目論んだのだった。

「このたびは潰えたけれども……次の策はすでに。木を隠すには森の中、刃を隠すには刀の中……それを教えてくれたのは、ありがたき凜花の娘ども、感謝しないといけないね」

中宮の猫につけられた呪符、女房たちの身の回り品の紛失、そして中﨟・如月の失踪と、凜花の官たちがしでかした失態は、三位の君が仕掛けた悪意を紛らわせる絶好の隠れ蓑として機能し、無辜の遊び人に、冷え切った自信を与えてしまった。

三位の君は、荒れた殿舎に向かって宣言した。

「いつの日か、お前を修復して元日の節会を開こう。詩歌管弦の大饗宴を開き、私が催馬楽を歌いもしよう。玉璽なき主上は、なにも道長ひとりの役目ではないのだから」

殿舎に反響した声の余韻が消えると、三位の君はため息を杓で隠した。

「まずは藤壺で中宮のご機嫌を取り結ぶとしようか。あそこでは八重をからかうことがただひとつの癒やし。……まことに憂き世ぞ」

彼は彼なりに、筑後の娘を気に入っているのである。兄の野望を露ほども知らぬ無垢な弟に、おいそれと与えてやるには惜しいと思う程度には。

——章広が初めて心を動かした女子だ。伏魔殿の泥水をかぶる前に我が懐へ。


藤壺を震撼させた一連の怪事件は、暗殺者の死をもって幕引きとなった。

事件解決の功により、凜花の官は臨時雇いの身分から、正式な六位の官人へと取り立てられ、十二人の娘の面目は躍如たるものとなる。

「暗殺者と対決した私たちだけは、主上から特別な褒美をもらってもいいと思わない？」

凜花の官が全員等しく賞されたことに小雪は不満そうだったが、それは主上へ思い通りに近づけない苛立ちの裏返しでもあった。

「私はこれでまずは満足だよ。女子でも……ううん、女子だからこそ後宮に入って、中宮さまたちを護れたんだから。これからもっと認めてもらえるように頑張るよ」

今日ではなくてもいつの日か、帝へ故郷の人々の窮状を進言して聞き届けてもらえるように、と八重はただ祈った。

後宮内を回り、いつもの藤壺へと入れば、主上が侍従の章広を連れて、声をあげて笑っている。

「そなたに絵心があるのは知っていたが、そのような特技まで隠し持っていたとは！」

「本当に、そっくり写しとったようです」

中宮が無邪気に笑い、女房たちも感嘆の声をあげるのは、章広が畳紙へ戯れに書いた短歌だった。彰子が輿入れ道具として持ち込んだ屛風には、能書家で知られる上卿・藤原行成の手で、あまたの貴顕からの祝いの歌が書かれている。

行成といえば左大臣・道長の懐刀としても有名な男だ。その流麗な手蹟を、章広は苦もなくするすると真似て書きつける。

「章広、行成だけではなく、他の手も真似られるのかしら」

彰子が無邪気に目を丸くしている。

「できますよ、ほら」

どれほど似ているかまでは、八重には判別がつかなかったが、中宮の言うがままに別人のような手蹟を次々と披露する章広の指先はたとえようもなく美しい。

「真筆さえ見ればどなたの手でも。王羲之も貫之も、業平だって」

――紀貫之も……。

八重の心を何かがかすめたが、藤壺に満ちた笑いに、すぐさまかき消されていった。

年も改まり、前年の厄を祓った宮中は、新年行事の目白押しで睦月が駆け過ぎてゆき、暦は如月へと変わった。

そして――。

藤原氏の氏神である春日大社の祭りの前日、中宮彰子の懐妊が明らかとなった。

宮中にもうひとつの春が訪れたとばかりに主上と道長は喜び、弥生に催される花の宴には、いつにない華やぎが期待されている。

その花の宴で、凜花の官も舞を披露するよう主上から特別の下命があった。

舞うようにしなやかに剣を捌き、踊るように俊敏に身を翻す彼女たちの剣術は、すでに剣舞の域へ達していた。もはや雅楽寮の舞人たちが唸るほどの完成度をみせる彼女たちの剣の稽古には、内裏からの見物客が今日も鈴なりになっている。

凜花の官の十二人はいつしか「凜花の舞姫」と呼ばれ、宮中を飾る花として愛されるまでになっていた。

花の宴の当日。八重は狭霧から、中納言の朝靄を改めて手渡された。

「あわてんぼの八重が、舞台でつっ転ばないように、御守りで貸してやる」

「ありがとう。朝靄も一緒に舞おうね」

桜重ねの袍もあでやかに、十二人は清涼殿の東庭にしつらえた舞台へ向かう。庭には今日のために桜木を植樹し、花爛漫の景色を作り上げていた。

一条帝の御世を蔭から支える秘密の武官が、ついに表舞台へ立つ日が訪れた。だが、彼女たちの物語はまだ始まったばかりだ。

――父者、母者、兄者。これからだよ、私……。

八重は熱く潤んだ瞳で、まっすぐに前を見据える。

笙の高らかな音が天から射し込む光を表す。いよいよ『花守』の舞が始まったのだ。

雅楽寮の楽舞人によって新たに作られた武舞は、内裏に咲く一年十二月の花々を描き、清涼殿の桜に負けじと咲いた十二輪の凜花を重ねたものだ。

娘たちが剣を持つ手に花を宿らせ、四季の煌めきを放てば、場を浄める風が巻き起こる。主上も中宮も、居並ぶ公卿女房たちも、そのさまにただひたすら見とれた。

刃は宙に銀の風を刷き、袖ひらめけば花が散る――。

剣を頼りに舞った先には、宮中の者の笑い声と故郷の人の幸せが繋がっている。

それをただ、信じて八重は舞い続ける。

――私、皆を護ってみせる。

八重の輝く笑顔が、桜花に映えた。

あとがき

『桜花傾国物語』では男女を問わず迫られて逃げ惑うだけだった花房も、十二人の〝妹分（部下）〟を持ち、宮廷人の本領を発揮するに至ったのが本編です。成長したなぁ。

　今回の主人公は、宮廷生活とは縁もゆかりもない元気な女の子。洗練も駆け引きも知らぬ真っ直ぐな少女と仲間を描くにあたって、思い浮かべたのは中学時代の演劇部の面々でした。共学ながら女子のみの演劇部は、お調子者が集まるも全員がひと癖あり、彼女たちとの記憶をなぞるだけで、八重たち女の子が突然、裡から駆けだしてきました。

　いつの時代も女の子が寄り集まればキャッキャッと華やぐのは同じ――と、平安時代の枠を敢えて取り払い、無鉄砲に駆ける感覚を自らに求め、遠い過去となった十代の日を思い出すために愛聴した曲はジョン・ハール『本当の恋人をどうして見分けましょう？』。車のCFでも使われた心浮き立つ曲に、失われた翼を取り戻した気がしました。

　このたびも由羅カイリ先生の華麗な筆により平安ガールが命を吹き込まれました。本当にありがとうございます。ただ、女の子たちはまだ走り足りないと騒いでおります（笑）。

二〇一九年三月吉日　　　　　　　　　　東　芙美子

『凛花烈風物語』、いかがでしたか？

東芙美子（あずまふみこ）先生、イラストの由羅（ゆら）カイリ先生への、みなさまのお便りをお待ちしております。

東芙美子先生のファンレターのあて先

〒112-8001　東京都文京区音羽2-12-21　講談社　文芸第三出版部「東芙美子先生」係

由羅カイリ先生のファンレターのあて先

〒112-8001　東京都文京区音羽2-12-21　講談社　文芸第三出版部「由羅カイリ先生」係

N.D.C.913 286p 15cm

東 芙美子（あずま・ふみこ）
東京都在住。アパレル企業、テレビ番組制作プロダクション勤務を経てフリーの放送作家に。ドキュメンタリー番組、情報系番組等を担当する。ノベライズも手がけ、歌舞伎と歴史・時代モノが大好物。
他の著書に『桜花傾国物語』（全４巻）『梨園の娘』『美男の血』などがある。

講談社X文庫

凜花烈風物語

東 芙美子

●

2019年４月３日　第１刷発行

定価はカバーに表示してあります。

発行者――渡瀬昌彦
発行所――株式会社 講談社
東京都文京区音羽2-12-21 〒112-8001
電話 編集 03-5395-3507
販売 03-5395-5817
業務 03-5395-3615
本文印刷－豊国印刷株式会社
製本――株式会社国宝社
カバー印刷－半七写真印刷工業株式会社
本文データ制作－講談社デジタル製作
デザイン－山口　馨

ISBN978-4-06-515267-6

ホワイトハート最新刊

凜花烈風物語

東 芙美子 絵／由羅カイリ

女ばかりの後宮を守る、少女武官隊誕生！ ときは平安、一条帝の御代。剣の腕を買われた田舎娘の八重は、後宮護衛隊「凜花の官」に抜擢される。美貌の上司・花房のもと、少女たちは事件解決に奔走する！

ハーバードで恋をしよう

レジェンド・サマー

小塚佳哉 絵／沖 麻実也

夏休みの恋は、予想外に手強くて——!? HBSに留学中の仁志起は、恋人のイギリス貴族・ジェイクと同居することに♡ だが、研修旅行やサマーインターンなど、問題は山積みで……。

豪華客船の王子様

〜初恋クルーズ〜

水瀬結月 絵／北沢きょう

船長は、美形で腹黒な王子様！ 憧れの王子様が船長を務めるバルティア王国の豪華客船に乗船した歩途。王子の愛犬に似ているからという理由で、「わんこ」として王子を護衛することに!?

ホワイトハート来月の予定 (4月27日頃発売)

龍&Dr.外伝 獅子の初恋、館長の受難 ……… **樹生かなめ**

恋する救命救急医 キングの失態 ……………… **春原いずみ**

※予定の作家、書名は変更になる場合があります。